おいしいアンソロジー 喫茶店

少しだけ、私だけの時間

阿川佐和子 他

大和書房

喫茶店

少しだけ、私だけの時間

目次

※本書に出てくる店名、飲食物、値段などは初出時のものです。

コーヒーとの長いつきあい ● 阿刀田高

あとうだ・たかし
1935年東京生まれ。国立国会図書館に司書として勤務しながら、78年『冷蔵庫より愛をこめて』でデビュー。79年『来訪者』で日本推理作家協会賞、短編集『ナポレオン狂』で直木賞、95年『新トロイア物語』で吉川英治文学賞を受賞。

昭和二十五年の春、地方の中学を卒業して東京の高校へ進むと決まったとき、女子大出の若い先生が、

「あなた、きっとコーヒーを飲むわ。ミルクが小さいカップで出てくるから、それをそのまま飲んじゃ駄目。コーヒーに入れるのよ」

ちょっときれいな先生だった。

私の下宿は新宿から私鉄で一駅、初台にあって、一番の楽しみは、格安の三十円で古い映画を上映していた帝都名画座へ行くこと、さらに、これも格安の渋谷食堂（新宿にあってもこの名前だった）で六十円のランチを食べること、初台から往復の電車賃が十円で、しめて百円也、これがなによりもうれしかった。

ランチにはコーヒーがつく。

確かに小さな銀色のカップにミルクが入っている。先生の言葉を反芻しながら、

——おれは知っているんだぞ——

悠々とミルクを注いで飲んだ。まわりを意識しながら……。しかしだれも注目なんかしていなかっただろう。

あれから六十有余年、どれほどコーヒーを飲んだことか。どれほど小カップのミルクを琥珀色の中に注いだことか。時折、

——あの先生にはかわいがられたなあ——

と思い出す。こちらも憧れていた。苦いような、甘いような……でも先生の消息はしらない。

お話変わって、

「一番強く心に残っているコーヒーは？」

と問われたら、やはり、アムステルダムの町角で飲んだ一ぱいだ。さんざん町を散策して疲れはて、ふと立ち寄った店だった。

アイリッシュ・コーヒー……。これを飲むのは初めてだった。仕様に多少の差異はあるのだろうが、アイリッシュ・ウィスキーを使うのは当然のこと。長いグラスの下半分は熱い褐色のコーヒー、アルコールを含んでいる。上は白く、冷たいクリーム。かきまぜて飲む。

ほどのよい甘さ、ほどのよい苦さ、カフェインが疲れを取り、次いでアルコールが胃の腑に広がって、かすかな酔いが疲れをしなやかになでて寛がせてくれるみたい。たった一ぱいで効果覿面（てきめん）。

――うまいなあ――

しみじみそう思った。ささやかなビギナーズ・ラック……つまりアイリッシュとの初めての出会いだったから感激もひとしおだった。

以来、コーヒー店のメニューに、この片仮名が記されていれば、たいてい、

「これを」

と願って心待ちにする。

いつもおいしいとは限らない。アムステルダムの感激は、今日までのところまだ再現されていない。コーヒーそのものの味というより、むしろ私の体調がアイリッシュ・コーヒーを賞味するにふさわしい疲労状態だったのだろう。心もなにほどかエキゾチシズムを求めていたのかもしれない。

とはいえアムステルダムほどではないが、アイリッシュ・コーヒーは日本でもおおむねわるくはない。聞けば、

「コーヒーがウィスキーに負けないくらい濃くなくちゃいけないんですよ。その按配がむつかしくてね」

「なるほど」

わが家で作ると、たいていしっぱいする。第一、アイリッシュがないものだからスコッチで間に合わせたり……ほかにもなにかしら大切なノウハウがあるに違いない。

名言名句のたぐいを眺めてみると、よいコーヒーとは、

〝天使のように清く、悪魔のように黒く、地獄のように熱く、恋のように甘く、天

国のように安らか〟

なんだとか。

〝清い〟というのはヘンテコな混ざりものがなく、ピュアーに淹れられていること
だろう。悪魔の黒さは、よくわからないけれど、濃い褐色はコーヒーの賞味ポイン
トの一つだ。当然熱くなくてはいけないだろうし、だが、甘さについては、

「おれ、ストレートがいいよ」

甘味をきらう人も多い。

「だからサ、恋だって、ぜんぜん甘くないのがあるだろう。本当は甘くないのに、
甘く感じたりするのが、コーヒーのうまさよ。そこが恋に似てるんだ」

「こじつけがひどいな」

しかし、〝天国のように安らか〟は飲んだあとの心地だろう。それなら納得がい
く。アムステルダムのひとときは、まことに、まことに小さな天国だった。

そして最後に、もう一つ。

「一番上等のコーヒーは、東京の青山だな」

おしゃれな町である。

「でも、どうして?」「ブルー・マウンテン」

なるほど。でも青山は本来は墓地の謂である。人間いたるところに青山あり。

あ、やっぱり天国か。人によっては地獄かもしれないけれど……。

贅沢な空気感の薬効

資生堂パーラー ● 村松友視

むらまつ・ともみ
1940年東京生まれ。小説家。『時代屋の女房』で直木賞、『鎌倉のおばさん』で泉鏡花文学賞受賞。その他おもな著作に『私、プロレスの味方です』『夢の始末書』『百合子さんは何色─武田百合子への旅』『アブサン物語』『幸田文のマッチ箱』『帝国ホテルの不思議』など。

喫茶店という存在は、日本の土壌の中で独特の役割を数かぎりなく果たしてきたのではなかろうか。一杯の珈琲から恋の花咲くことはもちろん、喫茶店がデートの場所として、欠くべからざる存在であったのは言うまでもない。また、恋の花咲かぬ若者の屈託や人生の孤独が、いっとき忘れ去られる場所であったのもたしかだろう。とりあえずの待ち合わせや商談の場所としても、まことに便利だった。コーヒー一杯飲む時間の中で、なにかのメドが立つことだって、けっこうあったにちがいないのだ。

日本へやって来た外国人がおどろくもののひとつが、日本人が縦横につかいこなしている、こういう街の喫茶店という文化であるらしいと、かつて誰かから聞いたことがあった。実際、コーヒー一杯でながい時間ねばっている客、それを悠々と放っておく店の人……この組み合わせがなんとも絶妙で、よい意味での放ったらかしとはこのことかと感服させられたというのだ。

テーブルに小型のピーナッツ販売機が取り付けられていて、十円硬貨を入れると、ピーナッツにまじって小さくよじれたおみくじが出てくる店も、かなりあった。大雑把なそのおみくじの吉や小吉を見つめながら、彼女の顔を思い浮かべたりしていれば、時は退屈することなく過ぎていく。あれは、きわめて日本人らしいサービスのありようだった。

それでいて、喫茶店は妙に家庭的なあたたかさが感じられたりもする場所であり、なかなか一筋縄ではいかぬ奥行きがあったりもするのだ。クールもホットも、孤独も饒舌も、商売も人生も、上品も下品も、プライバシーも一家団欒(だんらん)も神秘的に受け入れてしまうという、喫茶店は伸縮自在な空間として、日本の津々浦々の街に花咲いていた。

全国に花ひらいた喫茶店であるから、マニュアルにもとづいたチェーン店的な建物や内装であるかといえば、それぞれの店主の思い入れをこめた個性的な店の造りをしていて、自分の家の居間に招待するような雰囲気をつくり出していた。乙女チックであったり、子供っぽい趣味の小部屋であったり、大人びた渋い選択の画が壁にかかっていたり、コーヒーの味を盛りあげる装いであったりと、いろいろである。

思えば、戦後における日本人の生活は、衣と食に集中して成長し、住が置き去りにされたままだった。その個人の欠落を埋める役を、街の喫茶店が代わりにこなしてきたという一面が、たしかに見うけられたものである。

恋人と二人でいるにはふさわしからぬせまい部屋に住む若者、家に応接間をもって客を迎えることのできぬ立派な社会人、会社の殺風景な応接室をきらう会社人、己の匂いを店の雰囲気でカンニング的につくり変えようとするひとり者、常連客のわがままを店に通じさせていることを誇示したい中年者……本来は、自分の家や部屋、あるいは属する会社の中でこなすべき時間を、行きつけの喫茶店という空間で、人々はなんなく切り抜けてきたのだった。

そんな、いわゆる昭和の普通の喫茶店が、徐々に姿を消しつつあるのが、このところの雲行きというものだ。その理由はさまざま数えあげることができるのだろうが、ある意味、そういう喫茶店が存在していたこと自体が、不思議と思えなくもない。その存在に首をかしげた、かつての外国人に気持ちをかさね合わせざるを得ぬ思いが、日本人であり昭和の喫茶店時代を満喫した私の中に、いま生じているというのが正直な実感だ。あのような喫茶店は、昭和という時代の不思議な産物だったという気がしないでもないのだ。

で、銀座の喫茶店である。銀座の喫茶店は、これまで述べたような、人々の生活空間の欠如をおぎなう場所とは、いささか別物と言ってよいだろう。銀座の喫茶店に、現代という時代の風はどのような波を立てているのか、いないのか。私はそれを知りたくなった。

私は、ゆったりと〝銀ブラ〟をこなすレベルでもなく、銀座に行きつけの喫茶店をもつコーヒー通でもない。銀座という呼称やグレードに対して、いささか腰の引けるタイプでもあるからして、素直に銀座を満喫するなど夢の中の夢なのだ。したがって、銀座の敷居の高さへの意識を、強くもっているという自覚がある。

また、私は、東京生まれながら、小学校から高校までの時期を、静岡市ですごしたという経緯がある。その時間の中で、江戸幕府の「銀座」が、駿府（静岡市）からいまの銀座に移され、新両替町または銀座町と言われるようになったことを知った。その後、銀座そのものは蠣殻町に移されたと言うが、生まれた東京と育った静岡が、銀座というキーワードで結ばれていることに、少年らしい感動をおぼえたりもしたものだった。

その感動をバネにして、ひとつ銀座の喫茶店を歩いてみようか、というのが今回の目論見だった。〝銀ブラ〟のゆとりにはとうてい爪がかかるはずもないが、ともかく銀座の喫茶店という敷居をいまあらためてまたいでみたくなったというわけだった。

過去における、わが銀座体験でもっとも濃かったのは、テネシー、ACB、ニュー美松、不二家ミュージックサロンなどのジャズ喫茶。そこでいちばん安いソーダ水を注文し、グリーン色の液体の底に沈んだチェリーを粗末なストローですくいあげ、これをなんとか口に入れようと四苦八苦しながら、ジミー時田、小坂一也、斎藤チヤ子、鈴木章治、パラダイスキングなどを、ひとりでそっと聴いていた。

勉学に精を出さぬことや学生運動に参加せぬうしろめたさからの劣等大学生らしい逃避でもあって、いやもう、なつかしくも暗い青春、銀座の満喫にはほど遠く、銀座のつまみ喰いにも追いつかぬありようでしかなかった。駿府と銀座の縁はいったいどこへいったのかというていたらくで、これはとうてい銀座の喫茶店体験とは言えなかった。

その遅まきのリベンジ感覚をもてあそび、銀座の喫茶店をあれこれ思い描いたあげく、まず足を向けるべき目標として、ガラガラポンと飛び出したのが、なんと「資生堂パーラー」だったのだ。

「資生堂パーラー」を喫茶店の領域に入れてよいものかどうか、そこに一抹の不安が生じたのもたしかだった。だが、辞書によれば、〝パーラー〟は「手軽な飲食をする店」とも出ていたが、「談話室。休憩室。応接室」という意味もあって、私の頭にある昭和の喫茶店のイメージのど真ん中とも言ってよい意味合いが、そこに込められているではないか。

（それに、銀座の敷居の高さを、あらためて自分に意識させるのにもうってつけの場所である……）

私は、我ながら奇妙な確信のもとに、「資生堂パーラー」へと向かった。

一階の透き通ったドアの内側にいた女性従業員にパーラーの階をたずねると、男性従業員がすばやく姿を見せ、すっとエレベーターの4を押してくれた。エレベーターを待つ私にかすかな緊張がおとずれたが、それは心地よい緊張と言ってよかった。適当な緊張が遊び心に愉しさを与えることはよくあることで、解放ばかりが快感とも、もちろん言えないのだ。

四階でエレベーターを降りると、目の前のレジにいる女性従業員に予約の有無をたずねられ、それと同時に席のあんばいをたしかめたその階の男性従業員が、私に近づいた。この自然の呼吸もまた、テーブルに向かう私に、ほんのわずかな緊張のからむフィクションの色を与える。それは〝資生堂パーラーの客〟という色かもしれなかった。

そして、不思議なことに案内されて席に着いたとたん、私はそこにいつもやって来る常連客の気分になっていた。この手品が、百年の歴史をほこる「資生堂パーラー」の懐の深さにちがいなかった。気がつくと、私から〝資生堂パーラーの客〟という予定されていた役づくりをする構えはもはや消えていた。もちろん、ほとんどの人はこんな厄介な心理手順など踏むことなく席に着き、ごく自然に食事をして行くのだろう。だが、パーラーの空気をじっくり味わう意味では、自分の性格はこの場に適しているかもしれぬと、私はひとりごちた。

そこにいる人々は、それぞれの流儀で会話をこなし、食事をしている。押し殺しもせず大声にもならぬ、あたたかい団欒の空気がながれている。各テーブルに目を配る従業員が、大袈裟でないていねいさで料理をはこび、器をかたづけている。ときおり耳にとどく程度の音楽と人声が、心地よいBGMとなっている。静かすぎず、しかし騒音にならず、他の席を気にせず、しかし各テーブルのかもし出す雰囲気をも愉しむことのできる、ほどのよい表情と人声の温度を、久しぶりに味わったような気がした。これが、「資生堂パーラー」がかもし出す上等のカジュアル性というものではなかろうか。

かつて、各界のＶＩＰや花柳界の花形などの常連は、仕事の役を脱ぎ捨てて、この上等のカジュアル感覚を味わうため、ここに足をはこんだのではなかったか。そんな常連の中に、浅草で人力車を引く商売の人で、仕事着姿のままやって来る人がいた。その姿に最初は店の側もたじろいだが、その人も席に着くやすんなりと、周囲の風景に馴染んでしまったという。これらすべてが、「資生堂パーラー」という空間の手品なのだろう。

パーラーで食事をする人々の年齢層は比較的高いのだろうが、若い女性同士の組み合わせも目立っている。彼女たちもまた、パーラーの雰囲気に染まりたくてやって来るのかもしれない。多彩な幅の客層という感じだが、ケイタイの音が一度もしなかった。これもまた、これだけの人の数がいる空間で、いまとなってはめずらしいことと言えるだろう。しかも、ケイタイ禁止やらなんやらのメッセージは、どこにも見当たらない。それぞれの人がただそうなっている。その場の空気感による薬効のような仕立て上がり方なのだ。

明治三十五（一九〇二）年、東京銀座の資生堂薬局内に、ソーダ水とアイスクリームの製造と販売を行なう「ソーダファウンテン」が開設され、これがのちに飲食業としての「資生堂パーラー」に発展した。三代目総料理長・高石鍈之助（えいのすけ）氏の発案によるミートコロッケやカレーライスなどのメニューが、脈々と今日に伝わって、あいかわらずの人気を得ている。

そういう歴史のながれの中で、薬局から化粧品の製造販売へと軸が移り、そこに食の世界が加わったものの、人の心への生まじめなもてなしは消えやらずに、「資生堂パーラー」のメニューや雰囲気にもただよっているようだ。

銀座の中の銀座とも言える敷居の高さを、点線として宙に浮かせ、そこに和気藹々や団欒の絵柄をつくり出す……これが「資生堂パーラー」ならではと言うべきおもしろさなのだ。食と化粧品のコラボレーションが、ようやく時流となった今日、その道の老舗「資生堂パーラー」でカレーライスを食べ、そのあと「サロン・ド・カフェ」でコーヒーを喫していると、やはり温故知新の気分につつまれた。そして、銀座へのなつかしさが、私の軀の底からゆっくりと立ち上がったものである。

淡い連帯

平松洋子

ひらまつ・ようこ
1958年岡山生まれ。エッセイスト、作家。『買えない味』でBunkamuraドゥマゴ文学賞、『野蛮な読書』で講談社エッセイ賞受賞。『父のビスコ』で読売文学賞受賞。近著に『ルポ　筋肉と脂肪　アスリートに訊け』。

ほとんど毎日、住んでいる町のどこかの喫茶店に寄る。仕事のあいま、休憩を兼ねて散歩に出るのが日課で、さて今日はどこに入ろうかと自分の気分を探りながら歩くのがまた楽しい。

「こんにちは」

「いらっしゃい」

お互いとくに変わりもしない挨拶だけれど、交わす一瞬の視線にぽっと灯りがともる。でも、それ以上のことは何もない。マスターが淹れてくれる熱いコーヒーを相手に、ただぼんやりと過ごす。

「マスター」という言葉のおもしろみを教わったのは喫茶店だった。

「マスター、ブレンドひとつ」

ヨッと片手を挙げて入ってくる常連客が、気やすい呼びかけに使う。ときには主語になったりもする。

「いやいやマスターも隅に置けないねえ」

名字でも愛称でもなく、個性を消して「マスター」。しかし、その距離感が、公共の場所にふさわしい安定のようなものを生みだしている。

喫茶店で覚えた言葉は、まだある。「相席」「お勘定」「長居」「待ち合わせ」「紫煙」……ひとの気配をまとう言葉ばかりだ。「待ち呆け」のせつなさをおぼえたのも喫茶店だった。なにしろ、駅の改札の近くにかならず黒板の伝言板が設置してあった時代である。壁に掛かった柱時計をにらんだまま、四十五分過ぎ、一時間半過ぎ、えんえん待ち呆けを食らって半泣きになったり、ある日は自分が遅刻したり、息せき切って駆けこんだら相手は痺れを切らして帰ったあとだったり（バツの悪いとき、マスターは知らんふりをして放っておいてくれた）。混んでくれば席を譲ったし、空いていれば少し粘らせてもらう。よく顔を合わせるお客には黙礼したり、相席を頼まれたら気やすく応じる作法も喫茶店で身につけた。

本や学校、親や友だちには教えてもらえないことが、喫茶店という場所にはたくさんあった。扉を押して入れば、世間を解きほぐして見せてくれる存在。または、社会の通用門を出入りする実感も手渡してくれた。社会学者R・オルデンバーグが提示した都市社会学の概念「サード・プレイス」を持ち出すまでもなく、喫茶店もまた「サード・プレイス」、つまり家庭でも職場でもなく、ひとが社会的な役割から解放され、一個人としてくつろぐ拠点になり得る。わたしは、そのことを七〇年代後半から八〇年代にかけて喫茶店で教わった。

たとえば十八、十九のころ、週に三度か四度、さかんに通ったのが国立「邪宗門」である。壁に大きな柱時計の掛かった煉瓦造りの小さな店で、ひとり本を読むのも、ボーイフレンドと会うのも、友だちと喋るのもぜんぶここ。いま思い起こせばおかしいほど通い詰めたけれど、馴れ合いになることがなかったのは「邪宗門」

という喫茶店の風通しのよさのおかげだった。背の高い白髪のマスターは飄々とした静かな佇まいのひとで、むかし海賊だった、いや手品師だった、なんていう風の噂にふさわしい謎めく風貌がすてきだった。かしゃかしゃと泡立て器の音を響かせ、いちから丁寧につくってくれる熱いココアは真冬の贅沢。こっくりと艶やかなダークブラウンの色彩と芳しい香りを、わたしは四十年以上過ぎたいまも忘れられないでいる。数年前、閉店を伝える新聞記事に接したとき、いよいよ青春時代の一角が崩れたように思われ、寂寞感にまみれた。

若かったあのころ、町ごとに自分の行きつけの喫茶店を持つことを自立の手がかりにしていたふしがある。じっさい、伝説の喫茶店があちこちで手をこまねいていた。

住まいも大学も中央線沿線にあったから、通う喫茶店はおのずと中央線沿いになった。わざわざ途中下車して通ったのは、中野「クラシック」(この稀代の店も、もうない)。五木寛之は『風に吹かれて』のなかで、「クラシック」に足を踏み入れたのは早稲田大学露文科に入学した昭和二十七年、九州出身の画家がレコード蒐集を兼ねて開いた店だと書いている。斜めにかしいだ古い木の階段をギシギシ鳴らして二階に進むと、大正期に建ったという天井の低い空間に椅子とテーブル、雑多な古道具が並び、床を踏み抜きそうになるのが怖かった。目を凝らして薄暗い店内を見回すと、先に来ていたボーイフレンドが「こっち、こっち」と手をふる。モーツアルトやプロコフィエフがノイズ混じりにじりじりと響き、お客の会話は蜘蛛の巣のように壁にへばりついている。メニューはコーヒー、紅茶、ジュースだけ。コーヒーのミルクはマヨネーズの赤いふた、水はワンカップ酒の空き瓶。弁当持参で、半日以上こもるお客も珍しくなかった。世間から逃れて穴ぐらに身を潜める感覚に浸れるから、また足が向く。

こうしてつぎつぎ思い出すのは、わたしにとって、喫茶店がそれだけ切実な居場所だったからなのだろう。逃げ場、抜け道。吉祥寺でしばしば通ったのは、椅子の背に白いカヴァがかかった「ボア」。音楽を聴きたい時は。コップの水の表面が震えるほど大音響のロック喫茶「赤毛とソバカス」、モダンジャズ喫茶「Ｆｕｎｋｙ」、フュージョン喫茶「ｏｕｔｂａｃｋ」。フォークやロック喫茶「ぐゎらん堂」にも時代の先端に触れる刺激があり、そこのお客になるだけですでにうれしかった。どれもこれも時代の波間に泡と消えてしまったけれど。

開かれた居場所であることを、みずから引き受ける場所——いま、そんなホネのある喫茶店は、櫛の歯のように町から欠けてゆくばかりだ。百円玉数枚で長居できる手近なチェーン店ならそこらじゅうにあるけれど、心身がほどけるなごみを見出すのはむずかしい。なぜなら、時間と場所を保証するための暗黙の了解として、他者にたいする無関心の装いがあるから、そもそも喫茶店とは出発点がちがう。

喫茶店は、ひととひとの境界線が柔らかな場所だ。日常の空間でありながら、職業や家庭という荷を下ろし、素のままの一個人にもどる場所。その共有感が知らず知らず淡い連帯を育て、お客とお客、お客と店とのあいだに緩やかな関係性を結び育てる。かといって、馴れ合うのではない。そのあたりの絶妙な塩梅の司祭役がマスター（ときにはママ、あるいはマスターとママの夫婦コンビだったりもする）というわけだ。

櫛の歯が欠けてゆくばかり、と先に書いた。でも、どっこい町の裏通り、以前と変わらぬ姿でがんばっているのが喫茶店のしぶとさである。

日本橋「げるぼあ」は、どこか大陸的な空気を醸し出す昔ながらの喫茶店だ。「髙島屋」京橋側の角を入ったすぐそこ。「さくら通り」に面してすっかり馴染んだ古風な幌看板に、レトロな電飾がちかちか灯っている。天井が高くてゆったりと広く、店名は十九世紀のパリで芸術家たちがたまり場にしたカフェから取ったと聞いたことがあるけれど、本当のところはよくわからない。髙島屋で買い物をした帰りは「げるぼあ」に行かなくちゃという気持ちになり、ちょっとそわそわしてしまう。でも、なにがあるわけでもない。目立つものがない緩やかな空気は、この古い喫茶店だけのもの。つい先日も、日本橋に出かけた途中、お約束のようにふらふら〜と吸いこまれた。

昼下がりは社会の縮図、髙島屋の紙袋を隣に置いてお喋りに熱中する主婦四人組。スポーツ新聞を取っ替え引っ替えしながら読みこむ初老の男性。テーブルに広げた書類をはさんで顔をつき合わせるサラリーマンふたり組……すべてを悠々と受け容れて、あくまでもふつう。半世紀以上つづいてきた横綱級の度量をみせる。

スーツ姿の若い男性ふたりが入ってきて、すぐ隣の席に座った。ひとりはオムライス、もうひとりはコーヒー。「オムライス、野菜サラダ抜きで」と頼むところからすると、近所の常連客なのだろう。ここは長らくオムライスとナポリタンが名物メニューだ。喫茶店で食べるオムライスとナポリタンはいい憂さ晴らしだよなあ、なんて思う。

ふいに耳に届いた。

「僕、久しぶりにひとに本気で謝りましたよ」

「おれも。しかしなあ、まいったよなあ」

わたしは、なんてことのない味の紅茶を啜りながら、ガラス窓ごしに若葉の萌え出た桜並木を眺め、今度は薄焼き卵でくるんだあの熱い湯気の立つオムライスを食べようと思う。

ひとの醸す気配が喫茶店をつくる。時代をくぐり抜けてきた喫茶店であればあるほど、それがよくわかる。たとえば浅草「アロマ」、人形町「レモン」、神田「エース」、新宿「らんぶる」、神保町「ラドリオ」「ミロンガヌオーバ」「ロザリオ」……小さな空間に手をかけ、目をかけることで生み出された充足がひたひたと押し寄せる。かつて築地市場にあったハーモニカの穴のような喫茶店の数々にしても、ひとの往来によって憩いの場として輝いていた。わたしの住む町、西荻窪なら学生のころから通ってきた「物豆奇（ものずき）」「どんぐり舎」、すっかり町に溶けこんで風景と一体になっている店ばかり。でも、半世紀以上続いてきた「ＤＡＮＴＥ」の姿は、数年前、不意に消えてしまった。

メニューやコーヒーの味は違っていても、通いたい喫茶店には共通する持ち味がある。いつふらりと寄っても変わらない鷹揚なごみ。その背景には、店とお客が培ってきた関係がある。コーヒーを飲みながら、トーストやゆで卵を食べながら、じつは喫茶店という居場所に救われている。町のなかに起こったささやかな奇跡なのかもしれない。

国立 ロージナ茶房の日替りコーヒー ● 山口瞳

やまぐち・ひとみ
1926年東京生まれ。小説家、エッセイスト。週刊誌のコラム「男性自身」は、31年間も続いた人気連載。『江分利満氏の優雅な生活』で直木賞受賞。その他おもな著作に『血族』『居酒屋兆治』など。1995年没。

一日おきぐらいに女房を散歩に連れて行く。女房は不眠症の患者だから運動をつけないといけない。なんだか犬の調教師になったような気がする。

一橋(ひとつばし)の構内を抜け、国立(くにたち)駅前の大通り(通称大学通り)へ出る。この大学通りは、私の知るかぎり、日本で一番美しい大通りである。春は桜と柳、秋は銀杏(いちょう)がいい。

私が写生旅行に出かけると、〃国立へ絵を描きにくる人もいるのに〃と言われてしまう。

大学通りに出て、スーパー・マーケットの紀ノ国屋で買物をして、サンジェルマンでパンを買う。

それから、ロージナ茶房へ寄って休憩する。私はコーヒーを飲み、女房はココアを飲む。女房は、ときにアイスクリームを喫する。小腹が減っていると、私はトーストを食べる。このトーストが特に気にいっているのではない。しかし、バターとジャムのガラスの容器は大変に気にいっている。

ロージナに入る前に、ウインドウから内部をのぞく。マスターの伊藤接さんは、たいていは本を読んでいる。京都の一澤帆布店の主人は、店番をしながら平家物語なんかを読んでいる。私のとても好きな光景であるが、伊藤さんの読書する姿も好きだ。先日は、沢木耕太郎の『深夜特急』(新潮社刊)を面白い面白いと言いながら読んでいた。私と同年齢であるが、若い人に接することが多いせいか、気持が若いようだ。伊藤さんと目が合うと、お互いに笑う。そうやって私はロージナに入ってゆく。

伊藤さんは大変な目利きである。骨董品に目が利く人は、どうかするとイヤミになるが、伊藤さんはそんなことはない。曇りがない。また幅が広い。ジャム入れにしているガラスの容器なんかはガラクタに属すると思うが、そんなものにも確かな目が働く。素敵なガラスの花瓶があって、ヨーロッパで仕入れてきたものだろうと思っていると、これ保谷硝子です、いいでしょう？　と言われたりするので参ってしまう。

国立市には芸術家が多く、画廊が多い。たとえば彫刻家の展覧会があって、一緒に飾りつけを見に行くと、伊藤さんが、この彫刻、前と後を逆にしたほうがいいんじゃないか、なんてことを言う。彫刻家は、どの方向から見てもらいたいかということを自分で決めているはずだから、ハラハラしているのだが、伊藤さんの言うように逆に置いてみると、だんぜん良くなるということがあった。伊藤さん自身、批評家であるだけでなく画家である。いまでも熱心に絵を描く。彼は、十年間、白い油絵具だけで描き続けたことがある。ずいぶん変った画家だ。

ロージナ茶房は画廊喫茶であり、彫刻もガラス製品も陶器も展示されている。私も一枚の絵を進呈した。それはタヒチのボラボラ島へ行ったときの絵であって、ビーチ・バーを描いたものである。自分の気にいっている絵ではなくて心苦しかったが、他に適当な作品がなかった。伊藤さんは、しかし、これいいです、飽きがきませんと言ってくれた。自分で言うのはおかしいのだが、飽きがこないというのは本当だった。ロージナへ行けば、一度はそこへ目がゆくのだから、飽きてしまったら別のものと換えたい気持になると思う。このことにも驚いた。

伊藤さんは人生の達人である。彼のような男が経営する喫茶店は、ともすると常連ばかりの集まる店になりがちだと思う。しかし、現実は逆であって、私たち夫婦が満席で断られることがあるくらいに繁昌している。大学生や若いアヴェックが多い。古馴染の老人客も来る。いったい、その秘密はどこにあるのだろうか。

椅子もテーブルも照明も、たとえば椅子のひとつはフランスの教会の椅子を使っているといったように凝ってはいるのだが、凝りすぎにならない。骨董に目が利いても、店内をアンティークで飾りたてるような愚かなことをしない。万事につけて程がよいのである。だから常連客だけの溜り場のようにはならない。だから若い人でも気易く入ってこられる。

私は、たいていは、日替りのストレート・コーヒーを飲む。ブレンド・コーヒーは四百五十円である。ストレートも同じ四百五十円である。ということは、キリマンジャロもブルーマウンテンも四百五十円であるということだ。ここに伊藤さんの見識と信念があらわれているように思われる。「ブルーマウンテンだって仕入値はそんなに変らないんですから」

平然として言う。ブルーマウンテンを好む客は五百円でも飲む。そんなマヤカシはこっちで許さないと言ってるように思われる。

あるとき、車椅子に乗った少女が入ってきた。足が悪いようだ。すると、伊藤さんは、すばやく立ちあがって、椅子と卓とを片寄せた。ウエイトレスもボーイも、即座に無言で手伝った。間然するところがなかった。見事だった。少女は車椅子のスピードをゆるめることなく自分の好みの席についた。それは感動的な光景だった。心の準備ができていなければ、咄嗟(とっさ)にこういう行動に移れない。

ロージナで高校生がクラス会をやっているのを見ることがある。文教地区で学校が多いから、卒業・入学の時期になると、そんな会が多い。カルチャー・センターで知り合った中年女性が同人雑誌を発行して、合評会をやったりしている。
ロージナでは軽い食事が食べられるし酒も飲める。伊藤さんの目が光っているから、安心して何でも注文できる。スパゲッティがうまい。カレーライスも独特の風味がある。若い人むきだから、私には量が多すぎるが……。サラダなんか、まことに大盛りだ。

伊藤さんと小説の話をする。絵の話をする。知人に会って町の消息を知らせあう。寿司屋とソバ屋と、酒場（私の場合は赤提灯だが）と喫茶店、これを一軒ずつ知っていれば、あとはもういらない。駅のそばに、気楽に無駄話のできる喫茶店があるというのは、とても嬉しいことだ。いや、もし、そういうものがなかったとするならば、その町に住んでいるとは言えない。私はそんなふうに考えている。

ロージナのウエイトレスは、すべて学生アルバイトである。コーヒーを飲んでいると、面接に訪れる娘たちに会うことがある。面接といったって伊藤さんは、一目で適しているかどうかがわかると言う。なにしろ、天下の目利きであり達人であるのだから。事実、履歴書にさっと目を通して、明日からいらっしゃいと言う場面に出くわすことがある。早番と遅番の二部制になっているようだ。

アルバイトの女子学生だから、半年ぐらいで人が替る。私は彼女たちと口をきいたことがない。それでも、なんとなく、どこかで現代の女子学生気質に触れたような感じになる。ロージナへ行く楽しみの何十分の一かはそれではないかと思うことがある。

コーヒーを飲みおわってぼんやりしていると、伊藤さんがお茶をいれてくれることがある。その茶菓子が、アルバイト学生が旅行に行って土産に買ってきたものだったりする。

ロージナ茶房の開店は昭和二十八年である。私は、この店に、ひとつだけ貸しがあると思っている。国立市は残念ながら下水工事が遅れていた。十数年以上も昔のことになるが、私は伊藤さんに、どんなに金がかかっても、汲取(くみとり)式便所を水洗に変えなさいと提言した。駅前商店街の中心地だから、工事には、意外な費用を要したらしい。それでも私は自分の提案が正しかったと信じている。

むかし、ロージナ茶房で働いていた女性が、立派な美しい若奥様になって店を訪ねてくることがある。伊藤さんと紅茶を飲みながら、レジのそばの席で話しこんでいる。それも私の好きな光景だ。

喫茶店とカフェ

林望

はやし・のぞむ
1949年東京生まれ。作家、国文学者。リンボウ先生の愛称で知られる。おもな著作に『イギリスはおいしい』『林望のイギリス観察辞典』『薩摩スチューデント、西へ』『謹訳　源氏物語』など。

じつは、私は長いことコーヒーから遠ざかって暮らしていた。遥かな遥かな昔の学生時代には、コーヒーは一日に何杯も飲んでいたし、なにかといえば「学生街の喫茶店」に屯(たむろ)してコーヒーを飲み、タバコをくゆらしつつ、無駄な議論に熱を上げたりしていたものであった。

しかし、その後24歳のときに、タバコをきっぱりと断ち、ついでにコーヒーも飲まなくなった。ことにイギリスに留学して以来は、まったくの紅茶党となって、一服のお茶は紅茶か緑茶、そんなふうにして三十年あまり、コーヒーとは無縁な暮らしをしていたのである。

ところがこの数年、再び私はコーヒーに親しむようになった。それにはちょっと特殊な事情が関与している。

私は昔からひどい頭痛持ちで、各種の頭痛薬を手放せない暮らしをしていたのだが、数年前に、いつも服用していた頭痛薬を飲んだところ、突然に顔面が腫れ上がるという奇禍に見まわれ、慌てて医者に駆け込んだところ、これは鎮痛剤のアレルギーで、もしこれが気管支にでも発症していたら、いわゆるアナフィラキシーショックで命に関わっていたぞと脅かされ、以後服用は厳しく禁じられてしまった。さあ、そうなると、この頭痛との付き合いが困ったなあと思っていたある日、軽い頭痛が起こってきたときに、友人の勧めでドリップしたコーヒーを飲んでみたら、なんだか痛みがスッと楽になった。なるほど、コーヒーも大昔には薬だったんだろうなあと、私は『コーヒー・ルンバ』の文句など思い出しながら、それからは、まあ一種の薬として、折々にさまざまの豆でコーヒーを淹れて楽しむようになった。

こうなると、なるほど長いことコーヒーを飲まずにきたのは、あまりにも頑ななことであったと思い直し、それからは、外で一休みするときも、長らく足を踏み入れなかったカフェの扉を開くようになった。

昔は、喫茶店というと、薄暗くてジャズなどが流れていて、コーヒーの薫りとタバコの紫煙とが綯い混ぜになった、独特の空気があったものだが、時代は変わり、そういう昔風の喫茶店はだんだんと姿を消して、はるかに清爽な空気の、明るいカフェが多くなった。

よくよく案じてみれば、コーヒーの命は、いうまでもなくあの芳香である。アロマである。もちろん、複雑に五味の混交した味わいもさることながら、コーヒーを抽出しているときの、得もいわれぬ薫りは、つくづくこの飲み物の素晴らしさを実感させてくれる。

それが、もしタバコの煙の脂臭い臭気によってかき消されてしまったら、ほんとうにがっかりというものだ。思えば、昔の喫茶店は、コーヒーを楽しむというよりは、あの一種文学的芸術的な雰囲気を楽しむための場所であったのかもしれない。

しかし今は、もはやそういう時代ではない。とくに最近は、純粋にコーヒーの美味を追求する、求道者のようなカフェの主が増えて、したがって店内完全禁煙という店もごく当たり前になった。それこそは、カフェのあるべき姿であって、私はコーヒーを再び嗜むようになってからも、完全禁煙でない店には決して入らない。せっかくのコーヒーの薫りを、あのタバコの悪臭で消されてはたまらないからである。

時代は、すっかり変わったのである。

最近は、そうして、東京ばかりでなく地方の町や里にも、とくに若い人たちが経営している優れたカフェが増えた。まことにご同慶の至りと申すべきである。

私は夏の間、信州信濃大町の山荘に暑を避けながら執筆をする生活であるが、この古い山の町にも、近頃良いカフェが何軒もできた。

そのなかで、ユナイトという静かなカフェは、まだ若いオーナー夫妻が、しごく真面目にコーヒーを淹れてくれる。大きな焙煎機が備えられ、豆の種類も煎り方も、ずいぶん数多く用意してあった。私はさっそくこの店に何度か通って、いろいろな豆のコーヒーを試みた。

そのうちに、オーナー夫妻ともぼつぼつ話をするようになり、聞いてみると、もともとウインタースポーツの趣味が嵩じてこの町に移り住み、こうやって町の片隅にカフェを開いて、いろいろコーヒーの勉強をしているのだと、楽しそうに話してくれた。

　その豆の煎り方、また抽出するときの温度など、ほんとに熱心に心を込めて一杯のコーヒーを淹れてくれる。私はブラックというのが今も苦手で、必ずクリームと少しの砂糖を入れて飲むのだが、そのクリームも十分吟味されていて、まことに好ましかった。

　こうして、学生時代に訳もわからず飲んでいたコーヒーと、今の空気清爽なカフェでじっくりと味わうコーヒーとは、似て非なるもので、コーヒーについて言えば、嗚呼、良い時代になったなあという感慨がある。

愛媛県松山　喫茶の町　ぬくもり紀行◉小川糸

おがわ・いと
1973年生まれ。小説家。2008年、『食堂かたつむり』でデビュー。同作はイタリアのバンカレッラ賞、フランスのウジェニー・ブラジエ賞を受賞。小説に『つるかめ助産院』『ツバキ文具店』『ライオンのおやつ』『とわの庭』など、エッセイ集に『これだけで、幸せ』『育てて、紡ぐ。暮らしの根っこ』『針と糸』など。

伊予の国、松山にやって来た。広大な松山の城下町として発展したこの地は、国内でも有数の、喫茶文化の栄える町だ。おっとりとした雰囲気の漂う市内には、昭和の時代から続く懐かしい雰囲気の喫茶店から、海外のコーヒー文化を取り入れた今時のオシャレなカフェまで、さまざまである。

まずは松山におけるカフェ文化のさきがけ、「ナチュレ」へ。オーナーの藤山健さんは、大手新聞社でカメラマンを務めてから、フリーとなってオーストラリアへ渡り、シドニーに十年間滞在した後、地元松山に本格的なカフェをオープンさせた。この近くで生まれ育ったので、自分の店もぜひ松山一の規模を誇る大街道商店街に出したかったそうだ。

藤山さんは、ラテアートの第一人者、デビッド・ショマー氏から直々に教えてもらったひとりである。エスプレッソを出したのも最初なら、ラテアートを導入したのもまた、松山でもっとも早い。

藤山さんに勧められ、「ハンマージャンマー」を飲んでみた。これはエスプレッソに、さらにプランジャーと呼ばれるプレス用のポットでいれたものを注いで飲むブラックコーヒー。確かに苦いけれど、奥底にふんわりと包み込まれるような優しさがある。ハッと目が覚めたところで、いよいよ、喫茶店とカフェを巡る本格的な旅が始まる。

お昼に松山名物の鍋焼きうどんを食べ、松山城を見学後、次に向かった先は、「カフェ　カバレ」。カバレとは、フランス語のキャバレー、娯楽施設のある飲食店を意味する。開店は、今からちょうど五年前。

カバレは、古い雑居ビルの三階にある。階段を上ってようやく店に辿り着き、赤い色が印象的なドアを押し開けたとたん、視界が開け、開放的な気持ちになる。窓の向こうには、延々と美しい銀杏並木が続いている。

以前は殺風景な事務所だった。そこを、店主の曽我部洋さんが、ゴダールの映画に出てくるカフェを原点に、まだ見ぬパリへの想いを存分に膨らませ、自力で丁寧に作り上げた。昼間は光がたくさん入るし、夕暮れ時は物思いに耽るのにちょうどいい。夜は夜で、街灯が美しく映える。表面だけビストロふうにすることはできても、カバレみたいに本物の空気感を醸すのは、相当の気合いと努力がなくては成せないはずだ。「料理やサービスの質を向上させつつ、肩ひじ張らず、ざっくばらんにやっていきたいんです」と曽我部さん。このさじ加減が、いいカフェを創造するひとつの要因かもしれない。

翌日、早起きして路面電車に乗り、道後温泉を目指す。それにしても、なんとまぁ喫茶店とカフェの多い町だろうか。あちらにもこちらにも、次々と現れる。しかも、松山の喫茶の場には、かなりの高い確率でボックス席が設けられているそうだ。お茶を飲んでほっこり和みながら話をする生活習慣が、定着しているのかもしれない。道後温泉駅には、二十分ほどで到着した。

温泉に入って体が温まり、さっぱりとしたところで、朝食である。人情味ある町の喫茶店に行ってみたいと、道後温泉駅からすぐの「喫茶ガレ」に足を運ぶ。窓際の席から外の往来を眺めつつ、はちみつトーストのモーニングをいただいた。大きなガラスの向こうには、日曜日のおぼろげな朝の気配が広がっている。食後、コーヒーを飲みながら、文庫本『坂の上の雲』のページをめくる。松山に来たらぜひ、ゆかりのこの地で読みたいと思っていた。

「ここは、よう見えるでしょう」と、二十年来この店に立つ蜂須賀律子さん。

「あの人もだいぶ年を取ってきたなぁ、とか、お孫さんが生まれたみたいだなぁ、とかってね」そう言って、朗らかに笑う。先代のおじいさんはよく、角にある店には責任があるとおっしゃっていたそうだ。

「ここは商店街の入り口。うちが閉まっていると、アーケードのお店全部が閉まっているように見えてしまうんですよ」。だから、家族の冠婚葬祭以外、朝七時から夜十時まで、年中無休で営業する。

喫茶ガレから数軒先、同じく道後商店街にあるのが「珈琲浪漫　一遍堂」だ。こちらもまた、昔ながらの風情を残す喫茶店である。道後でもっとも古いだけでなく、松山でも二番か三番目に古い。切り盛りするのは、本田恵美子さんだ。後ろ姿はギャルそのもの、笑顔のチャーミングな恵美子さんは、常連さん達に、ママ、もしくは恵美ちゃんと呼ばれ、親しまれている。

恵美子さんの父親、新田兼市さんが店を始めたのは、戦後すぐのこと。ただ、最初は喫茶店ではなく、最中屋さんだった。さっそく「ママのおすすめ甘味」とある、大正浪漫パフェをいただいた。最中屋さんの時代からの味を受け継ぐ、恵美子さんのお手製、自慢のあんこがたっぷりかかっている。

恵美子さんは、中学生の頃から、お店に顔を出すのが好きだったそうだ。その度に兼市さんから「引っ込んでおけ」と言われたが、根っから客商売に向いていたのだろう。他の姉妹はお嫁に行ったが、恵美子さんだけは父親の跡を継いだ。

「ここにいるとね、世界中の人とお友達になれるの」と嬉しそうに恵美子さん。最近は、韓国や中国などの近隣の国だけでなく、ヨーロッパや北米からも観光客がやって来る。その度に恵美子さんは身ぶり手ぶりで切り抜け、あとは英語のできるお嬢さんを呼んで対応するそうだ。つい先日も、道後温泉に行きたいというフランス人一家を、お嬢さんが案内したばかり。

恵美子さんはとにかく底抜けに明るい。大好きなカラオケに話が及ぶと、ますます声を弾ませ、「娘のミニスカートはいてね、こうして踊りながら、歌うんですよ」と、ちょっと恥ずかしげにしなを作りながら、歌う真似を披露してくれる。きっと、恵美子ママ目当てでこのお店に通うお客も、多いのではないかしら？　恵美子さんには、たとえ百歳になっても、道後のアイドルでいてほしい。

もちろん、若い人達だって、負けてはいない。松山は今、空前のカフェブームだ。大都市よりも手軽に店を開業できるせいか、あちこちに新しいカフェができている。しかも最近は、中心部が飽和状態となり、郊外に誕生するケースが目立つ。一度は松山を離れたものの、外の世界でさまざまな文化を学んだ若者達が、再び松山に戻って故郷に新しい風を送り込んでいるのだ。

「サロン・ドゥ・エミュ」もそのひとつで、土地を探し、一から自分達の理想とする建物を作り上げたという空間は、まるでオーナーである河野夫妻の宝物箱のようだった。町中とは趣の異なる牧歌的な雰囲気を求め、のんびりとしたお茶の時間を楽しむ人達の憩いの場所になっている。

三日目、旅の最終日の朝はおはぎが有名な甘味店「みよしの」へ。店に入った瞬間、なんだか懐かしい気持ちになった。現在は、杉野史枝さんのお嬢さん、中沢朱花さんが暖簾を守っている。

先代の史枝さんがみよしのを始めたのは、昭和二十四年のこと。終戦後で物資の乏しい時代だった。戦争中にご主人を亡くし、女手ひとつで子供達を育てるため、闇市で砂糖や小豆を仕入れ、バラック小屋のような建物からスタートした。二、三回移転した後、半世紀以上この地でみよしのを営んでいる。

「内装もボロボロなんですけど、昔来たお客さんが、あの頃と同じだって喜んでくださるものですから」真っ白な割烹着に身を包む朱花さんが、柔らかく微笑んだ。

明治生まれの先代は常々、「うちのあんこは日本一」と言っていたそうだ。朱花さんが、勉強のためによそのおはぎを買ってきても、食べんでもわかると言い張り、絶対に口にしなかった。あんパンや大福も、あんこだけは自分の店のものと入れ替えてから食べていた。

二〇〇〇年頃からは朱花さんがおはぎ作りを受け継いだので、先代は入り口に座って会計を担当、亡くなるひと月前の九十六歳まで、店のカウンターに入った。最晩年は、何も食べられなくなったというが、みよしののおはぎだけは、少し口にすることができたという。病院のベッドで、「私もあとから（店に）行くからね」という言葉を残し、きれいに旅立った。

店の入り口に飾られた写真の前には、好物のゴマとこしあんのおはぎが供えられていた。今でも、日に何人かは、おばぁちゃんは？　と店を訪ねる。「今日も、取材の人が来てくれて、おばぁちゃん、きっと喜んでくれていると思いますよ」穏やかな口調で楚々と語る朱花さんの言葉が、胸にじんじんと染みてくる。

店の奥にあるテーブル席で、名物の五色おはぎをいただいた。粒あん、こしあん、ゴマ、きな粉、青のり、それに昆布の佃煮。これで、一人前である。彩り鮮やかな見た目の美しさに、目と心を奪われた。目の前のひと皿から、作り立てならではの馥郁とした香りと共に、先代の面影が立ち上ってくる。明治、大正、昭和、平成と、時代を繋ぐ珠玉のおはぎだ。母親の残した店を慈しむように守る朱花さんの姿が、清らかで神々しかった。

結局、店と言っても人なのだ。先代から受け継いだ喫茶店を守る女性達も、故郷に新しい文化の風を吹き込む若者達も、それぞれの店には、その店を作り守って育んできた人達の、歴史や物語がある。だからこそ、その店ならではの温もりがある。温もりを求めて人が集えば、そこにまた新たな文化が生まれてくる。

余韻を胸に、一路、梅津寺へ。松山市の中心部から、伊予鉄道で十八分、海岸に辿り着く。駅を降りるとすぐ目の前が砂浜で、昔はここが、松山っ子の海水浴場になっていた。この海岸の一角に、「ブエナビスタ」がある。

海の家を思わせる手作りふうの店内からは、瀬戸内の島々を優しく見守るように、海と空が続いている。その景色と向き合っていると、ここが世界と繋がっていることを実感した。また、読みかけの『坂の上の雲』を開く。すぐ近くにある三津浜港は、かつて交通の便が船しかなかった時代、松山の玄関口だった所。小説に登場する秋山好古も真之も、正岡子規も、この海から出発したのだ。当時彼らが目にしていた景色を、私も今、見ているのかもしれない。そう思うと、ほのぼのと喜びが込み上げてくる。波の音を子守り歌のように聞きながら、思う存分、のんびりしよう。帰りの飛行機が飛び立つまでは、まだまだたっぷり時間がある。

喫茶店にて

萩原朔太郎

はぎわら・さくたろう
1886年群馬生まれ。詩人。1913年、同人誌「朱欒（ざんぼあ）」に詩『みちゆき』他5編が掲載され、詩壇デビュー。14年に室生犀星、山村暮鳥と3人で人魚詩社を創設。17年処女詩集「月に吠える」を刊行し、口語自由詩の完成と賞賛された。1942年没。

先日大阪の知人が訪ねて来たので、銀座の相当な喫茶店へ案内した。学生のすくない大阪には、本格的の喫茶店がなく、珍らしい土産話と思つたからである。果して知人は珍らしがり、次のやうな感想を述べた。先程から観察して居ると、僅（わず）か一杯の紅茶を飲んで、半時間もぼんやり坐つてる人が沢山居る。一体彼等は何を考へてゐるのだらうと。一分間の閑（ひま）も惜しく、タイムイズマネーで忙がしく市中を馳け廻つてる大阪人が、かうした東京の喫茶店風景を見て、いかにも閑人の寄り集りのやうに思ひ、むしろ不可思議に思ふのは当然である。私もさう言はれて、初めて喫茶店の客が「何を考へて居るのだらう」と考へて見た。おそらく彼等は、何も考へては居ないのだらう。と言つて疲労を休める為に、休息してゐるといふわけでもない。つまり彼等は、綺麗な小娘や善い音楽を背景にして、都会生活の気分や閑散を楽しんでるのだ。これが即ち文化の余裕といふものであり、昔の日本の江戸や、今の仏蘭西の巴里などで、この種の閑人倶楽部が市中の至る所に設備されてるのは、文化が長い伝統によつて、余裕性を多分にもつてる証左である。武林無想庵氏の話によると、この余裕性をもたない都市は、世界で紐育と東京だけださうだが、それでもまだ喫茶店があるだけ、東京の方が大阪よりましかも知れない。ニイチエの説によると、絶えず働くと言ふことは、賤しく俗悪の趣味であり、人に文化的情操のない証左であるが、今の日本のやうな新開国では、絶えず働くことが強要され、到底閑散の気分などは楽しめない。巴里の喫茶店で、街路にマロニエの葉の散るのを眺めながら、一杯の葡萄酒で半日も暮してゐるなんてことは、話に聞くだけでも贅沢至極のことである。昔の江戸時代の日本人は、理髪店で浮世話や将棋をしながら、殆んど丸一日を暮して居た。文化の伝統が古くなるほど、人の心に余裕が生れ、生活がのんびりとして暮しよくなる。それが即ち「太平の世」といふものである。今の日本は、太平の世を去る事あまりに遠い。昔の江戸時代には帰らないでも、せめて巴里かロンドン位の程度にまで、余裕のある閑散の生活環境を作りたい。

変わり喫茶 ● 中島らも

なかじま・らも
1952年兵庫生まれ。印刷会社勤務、コピーライターをへて、作家に。小説、エッセイ、戯曲、コント、落語など、幅広い分野の作品を多数発表。朝日新聞連載の「明るい悩み相談室」でも注目される。おもな著作に『今夜、すべてのバーで』『ガダラの豚』など。2004年没。

今でもあるのかどうか知らないが、元町商店街の裏あたりに「喫茶なかじま」というのがあった。
その頃(ころ)、受験に失敗した僕は神戸のYMCAに通っていたのだが、もちろんサボリ癖がこうじて受験に落ちたくらいだから、予備校なんかにもキチンと行くわけがない。

その日もサボって元町をブラブラしていたらその「喫茶なかじま」というのがあった。

せまい間口のオンボロな喫茶店だが、名前が同じ「なかじま」だというのにつられてドアをあけた。

入って席につくなり店主がニコニコと水を持ってきて、

「へい、いらっしゃい。うどんでっか?」

とたずねた。

え、ちょっと待ってよ、と店内を見渡すと確かに壁に「きつねうどん、月見うどん、肉うどん、天ぷらうどん」などと貼ってあって、すみの方に申し訳程度に「コーヒー、紅茶、ジュース」と書いてある。

ひやーっ、と思ってまわりを見ると、どの客もずずっ、ずずっ、とうまそうにうどんをすすっているではないか。

戸をバタンとあけるなり、

「おっちゃん、きつねっ!」

と叫んで入ってくる勇ましいOLもいる。

僕が紅茶をたのむと店主はけげんそうな、そして少し淋しそうな顔をした。

そういえば昔は「喫茶、メン類、中華」なんていうほとんどカオスの世界みたいな店がたくさんあった。

僕の生まれ育った尼崎にも、「喫茶おばちゃん」というのがあって、ここの「売り」は甘ぁいきつねうどんと甘ぁいカレーライスだった。

たぶん昭和四十年前後をさかいにしてそういった「よろず喫茶」は姿を消していったような気がするが、今でも脈々と生き残っている店も探せばあるにちがいない。

喫茶店ではないが、去年ミナミを夜中の三時くらいにほっつき歩いていたら、「おでん」の提灯がいい感じで輝いている店があったので入った。入ったらずらりと鉄板が並んでいて中は焼肉屋だった。よくわからないままにホルモン焼を食べてしまった思い出がある。

地方に行くとけっこうこういう店も多くて、米子あたりに旅行に行った知人が某駅前の喫茶店に入ると「座敷」があったそうだ。

初体験モーニング・サーヴィス

片岡義男

かたおか・よしお
1939年東京生まれ。小説家。エッセイスト、写真家、翻訳家としても活動。おもな著作に『スローなブギにしてくれ』『波乗りの島』『日本語と英語』『私は写真機』『珈琲が呼ぶ』など。

夕食のあとすぐにビリヤード場に入った。五時間をポケットで夢中に過ごした。時刻は夜の十一時を過ぎていた。ビリヤードとしてはこれからなのだが、僕と友人は空腹を理由に、その日のポケットをそこまでにして、ビリヤード場を出た。午前二時まで営業している寿司店を知っていると友人は言い、僕は彼にしたがった。午前二時までやっている寿司の店は盛況だった。片隅の空席にふたりして体を押し込めると、あとは食べるだけだった。ビリヤード場もこの寿司の店も、新宿の歌舞伎町一丁目にあった。寿司の店を満腹で出ると深夜の十二時を過ぎていた。

これから駅へ急ぎ、満員の電車に乗るよりは、このあたりをうろうろして朝まで過ごさないか、と友人は言った。朝は六時だとして、まだ五時間はあるではないか。うろうろするだけで五時間を過ごせるものかどうか。うろうろしてみなければわからない、と友人は言った。

最初に入ったバーではダーツの大会のようなことがおこなわれていた。僕と友人はそこに飛び入りで参加し、楽しい時間を過ごした。時刻は午前二時をまわっていた。ダーツのバーでなぜかふたりの女性が僕たちに合流し、四人になった。いい店があるのでそこへいこうと女性のひとりが提案した。歌舞伎町一丁目を新宿五丁目の近くまで僕たちは歩いた。賑やかなカウンターにちょうど四人分の席が空いていた。僕たちはそこにすわり、たちまち談論風発の渦に巻き込まれた。気がついたら午前四時だった。ふたりの女性たちはタクシーで帰宅した。

最後はゴールデン街の小さな店だった。客のいない店に僕たちは入り、カウンターにならんでストゥールにすわり、それぞれに酒を飲んだ。友人は店主の女性と議論を始め、彼のすぐ隣でその議論を聞いていた。

その店に僕たちがいた二時間足らずのあいだに、五組の客がきた。しかし、今日はこれで閉める、と店主が言ったときには、客は僕と友人のふたりだけになっていた。その日その店の最後の客として、僕たちは店を出た。靖国通りへ出てタクシーを拾う、と友人は言い、僕たちは早朝の歌舞伎町で別れた。

僕はなぜか西へ歩いた。コマ劇場の前をとおり、やがて広い道路に出ると、目の前に西武新宿線の駅があった。そこから左へ曲がり、あとはまっすぐに靖国通りまで僕は歩くつもりでいた。大ガードをくぐって小田急線の改札口までいき、いつもの小田急線に乗るつもりだった。

ひとりで歩いていく僕に、同時にそして突然に、疲労と睡魔が襲いかかった。街にいて午前二時、三時になることはあっても、夜をとおり越して次の日の朝まで街にいたのは、これが最初ではないか、と僕は思った。疲労していたところへ、眠気が重なった。僕は珈琲のことを思った。まずなによりも珈琲だ。僕のすぐ左側に、道に面して、大きな喫茶店があった。店名を見なくとも、店の造りがかもし出す雰囲気が、喫茶店のものだった。そのことは、かろうじて歩いていく僕にも、よくわかった。

喫茶店には珈琲がある。席についてそれを注文すれば、それは手に入る。おそらくそんなふうに考えたのだろう、気がつくと僕はその喫茶店のドアを押していた。いらっしゃいませ、という男性の声を受け止めながら、もっとも近い空席に僕は倒れ込むようにすわった。水のグラスをテーブルに置いた若い男性のウエイターに、「珈琲をください」と僕は言った。それに対して彼が言った、「モーニング・サーヴィスでよろしいですね」という言葉に、僕はうなずいたはずだ。

早朝の営業は六時からだろうか、となぜか僕は思った。五時からではないか、とも思った。大きな喫茶店のそこにひとり、あそこにまたひとりと、早朝の常連客がいた。みなひとりだった。ウエイターが珈琲を持ってきた。珈琲のすぐ隣に白い大きな皿を置いた。その白い皿を見た次の瞬間、これはモーニング・サーヴィスだ、と僕は直感した。受け皿に載ったコーヒー・カップには珈琲が満ちていた。手をのばしてそれを持ち、かたわらにある白い大きな皿を僕は見た。この皿に、モーニング・サーヴィスが載っている、と僕は思った。そして珈琲を飲んだ。一九六三年、ある夏の日の早朝の味がした、と僕は書く。

モーニング・サーヴィスという言葉はすでに知っていた。その実体に遭遇するのは、そのときが最初だった。モーニング・サーヴィスとはこのことなのか、と思いながら僕はその白い皿に載っているものを見た。

長方形のトーストが二切れ。どちらもきれいにトーストされていた。一個の卵を立てておく金属製の容器。そのなかにある白い卵。これは茹で卵だということは、見てすぐにわかった。おなじく金属性で銀色に光っていた小さな塩振りの容器。バターを四角く切ったものが直接に皿に置いてあり、その隣には赤いジャムがひとすくい、載せてあった。以上だ。

モーニング・サーヴィスのこれが原型だと、いまなら認識しているけれど、初めてモーニング・サーヴィスの実体に遭遇した一九六三年の早朝には、なんのことだかわからなかった。サーヴィスと言うからには、これは一杯の珈琲についてくるのだ。しかも食べ物として。そしてモーニングと言うからには、これが早朝の客へのもてなしなのだと、なかば以上朦朧(もうろう)としていながらも、状況のぜんたいは正しく理解することが出来た。

僕はトーストを食べてみた。バターとジャムを、皿の端に置いたバター・ナイフで混ぜ、トーストに塗った。その量は少なく、二枚目のトーストにはなにもつけないまま、珈琲で飲み下した。卵がひとつ、卵立てに収まって、皿の上に残った。茹で卵を手に取って殻を半分だけむき、白い卵を僕は食べた。塩振りの容器を右手の指先に持ち、固く茹でた卵の黄身に振りかけた。黄身の味と塩の味とが僕の口のなかで混ぜ合わされた。卵をそのようにして食べてしまうと、白い大きな皿に残ったのは、バター・ナイフと塩振りの容器、そして卵の殻だった。モーニング・サーヴィスの終了を僕は眺めた。珈琲は最後のひと口が冷たくなって残っていた。それを僕は飲んだ。

珈琲の美しき香り

森村誠一

もりむら・せいいち
1933年、埼玉生まれ。小説家。ホテル勤務後、69年、『高層の死角』で江戸川乱歩賞受賞。73年『腐蝕の構造』で日本推理作家協会賞を受賞。社会派ミステリーの第一人者として、『人間の証明』『悪魔の飽食』など著作多数。2023年没。

戦争中敗色濃厚なとき、無い無いづくしの中で父親は柿の葉っぱから珈琲の代用品を作った。珈琲が好きな父親のおこぼれで苦くて黒い液体が好きになった。

終戦が近くなり、無い無いづくしで配給はイモだけになった。毎日のようにB29の大群が全国に爆弾を撒き散らし、私の郷里は終戦前夜、焦土と化した。幸運にも生き残った私はイモで飢えをしのぎながら、父が作った柿の葉の珈琲とやらを飲んでいた。美味いとはおもわなかったが、父が連れて行ってくれた喫茶店の珈琲の味に似ていた。

そして終戦の詔勅と共に戦争は終わった。

全国焦土と化した本土に米軍の兵士が進駐してきた。私の郷里埼玉県熊谷市へも夏の終わりに進駐軍がやって来た。

彼らは、街の近くを流れる荒川の河原へ、軍の車を洗いに来たのである。洗車後、食事を摂って帰って行った。河原で水遊びをしていた私を含めた河童たちは、兵士たちが去った後、彼らの食堂の跡に群がった。

米兵が食べた河原の食堂跡には見たこともない食物が残されていた。その中に塊のようなものがあった。彼らはそれを「食える泥」と言って、口をつけずに捨てて行った。その泥の塊を口に入れると口中が爆発するような味であった。後にココアの塊と知ったが、父が連れて行った喫茶店の珈琲と、柿の葉っぱの珈琲の味に似ていた。

私があらためておもいだしたのは、進駐軍兵士の置き土産であった。戦後の戦乱の中に軍隊は消撤し、隣国の戦争のおかげで我が国の経済は一挙に成長し、日本にとって欠かせない戦争となった。美味しい珈琲を探して歩きまわるとき、父親が作った柿の葉っぱの珈琲や、米兵が荒川の河原に置き残していった「食えない泥」どころか口中が爆発するような味をおもいだす。

教育制度が変わって郷里の商業高校に六年、青山学院（大学）に五年、そして九年ホテルマンとなり、作家となった。

ホテルに在社中は、社内の珈琲ショップで珈琲を飲んだ。その間、私は珈琲と切っても切れない関係になった。

珈琲そのものだけではなく、行きつけの店の雰囲気、器、顔なじみになった常連たちは、私を含めてキープカップする者もいた。

喫茶店は、自宅と異なる人生の拠点になっている。珈琲の味、店の雰囲気、家族と異なるマスターとの切っても切れない人生のオアシスになっている。

声をかけ合わなくとも、そこは常連たちの取って置きの隠れ場所である。常連にとって生活の拠点の一つであると同時に、なくてはならない美しく、あたたかい、家庭にはない秘所である。

花の満開時、常連の指定席に一弁の花びらが落ちていた。近くに桜はなく、旅人が満開の桜の下を歩いて、かぐわしい珈琲の香りに誘われて、指定席に一弁の花びらを運んで来たのであろう。

常連は隣りに座った美しい旅人を想像している。常連と異なり、香り高い珈琲に誘われて途中下車したような旅人の人生の断片を残していったのであろう。

常連にとってカフェはそれぞれの人生の拠点であるが、店主の都合によって常連たちの重要な拠点が閉店することがある。

私も行きつけのカフェが都合によって閉店し、人生の拠点を失ったことがある。閉店と同時に常連たちとも別れなければならない。

常連たちは、だれ言うとなく集まり、新たなオアシスを探すことになった。人生の拠点の一つを失った常連たちにとっては、新たなオアシスを見つけない限り、それぞれ気に入った人生を完成できなくなってしまう。

人生は、ただ生きるだけではない。ラストカップから新たなカップを探し出すまで永遠に七つの海をさまようオランダ人のようになってはならない。珈琲の香りには、人生の味がある。

交通機関の発達により、旅が移動に変わってしまった。美しい風景や旅恋いに誘われて途中下車したとき、まず駅から離れた未知の町ならではのカフェを探す。

移動ではなく旅恋いに誘われて、旅先には珈琲の香りが旅人を呼ぶ。

旅人の途中下車を誘った地平線や水平線の彼方に虹が架かっている。

大きな駅には必ずカフェがあるが、小さな駅の近くに隠れたようにあるカフェは遠方へ行く旅人たちを優しく迎えてくれる。その優しさが香りとなって移動を旅に変えてしまう。

旅は目的がないほどよい。「自由」という言葉が旅に最もよく嵌まる。虹を追う旅人、それは青春の幻影でもある。珈琲の香りには人生の幻影があり、幻影は遠方にあればあるほど、珈琲の香りが美しくなる。

ニューヨーク・大雪とドーナツ ◉ 江國香織

えくに・かおり
1964年東京生まれ。小説家、翻訳家、詩人。児童文学作品の『草之丞の話』でデビュー。おもな著作に『きらきらひかる』『落下する夕方』『泳ぐのに、安全でも適切でもありません』『号泣する準備はできていた』など。

ニューヨークに来ている。着いた日はみぞれまじりの雨が降ったり止んだりで、次の日は快晴だったけれど風が強くて初日より気温が低く、三日目はまたみぞれで、降っても照っても毎日大変寒いのだった。
きのうは大雪だった。おとといの夜、寝るときには降っていなかったのに、早朝、目をさますと世界から音が消えたようになっていて、窓の外は何もかもがすでに厚く雪をかぶり、さらなる粉雪が霏々と、まるで空と地上のあいだの空間をすべて埋めつくそうとするかのように、勢いよく降りしきっていた。

日課にしている二時間のお風呂からあがるころには、雪の一ひらずつがすこし大きくなっていて――それともあれは、周囲があかるくなったためにそう見えただけだろうか――、向いのビルの屋上――おそらく、テラスつきのペントハウスだと思われる――で、真黒な犬が雪まみれになって遊んでいるのが窓から見えた。

私は友人に会う約束をしていた。待ち合せ場所の念押しをするための、手紙というかメモのようなファックスも受け取っていて、それによると待ち合せ場所までは、船に乗って行くようだった。空模様が空模様なので心配になり、フロントに電話をすると、幼稚園と小学校は休校で（私はそういう場所には行かない、と、反射的に思った）、飛行機も次々欠航になっているが、船はいまのところ運航予定だと教えてくれた。それで私は仕度をし、ころころに着ぶくれてタクシーに乗った。

その友人に会うのは十年ぶりで、会えるのが嬉しい半面、信じられないような気持ちでもあった。十年前に会ったときも、十数年ぶりの再会だった。だから実質――というのは間違った言い方ですね。でも、親しかったころから数えると――二十数年ぶりなのだ。

タクシーをおり、積もった雪を踏みしめ踏みしめ船着き場に行くと、でも船は欠航になっていた。

わあ、というのが、私の思ったことだった。わあ、困った、というのが。船がでないのでは、待ち合せ場所に行かれない。ということは、彼女もこちらに来られない。しばらく茫然としたあとで、公衆電話を探せばいいのだと気がついた。私は電話を持っていないが、彼女は携帯電話を持っているから。それで、また、雪を踏みしめ踏みしめ、歩いた。

電話はなかなか見つからず、それ以前にそもそも私がなかなか前に進めず、街仕様のブーツと、ホテルで借りた重すぎる傘（あとでわかったのだが、傘の上に雪がびっしりくっついていた）を投げ捨ててしまいたい気持ちになったとき、それが目に入った。それというのは公衆電話ではなく、スターバックス。

自慢ではないが、私はこれまで一度も、スターバックスという店に入ったことがない。入るのが何となく気恥かしい、というのがその理由で、気恥かしいから近寄らない、と周囲に公言してもいた。禁煙だし、フレーバーとかトッピングとか、よくわからないことを訊かれるらしいし。でも――。降りしきる雪のなかで、私はその緑色の店をじっと見つめた。店は道の向う側だが、私の前にはまっすぐ横断歩道がのびている。まるで、『オズの魔法使い』の黄色いレンガの道みたいに。

気恥かしさに拘泥している場合ではない、と、私は判断した。寒かったし、お風呂あがりに水をのんだだけだったので、ぜひともコーヒーがのみたかった。これまで一度も入らずにきたのに、と思うとすこししゃくだったけれど、殺風景なオフィスビルの立ちならぶその界隈で、そんな時間にあいている店は他にありそうもない。

入ってみると、そこは想像どおりあかるく、想像どおり暖かく、気恥かしいことは何もなく、ごく普通のカフェだった。コーヒーの、いい匂いがたちこめている。私はコートのボタンをはずし、二、三人いたお客さんのうしろにならんだ。外はまつ毛が凍りそうに寒いのに、お店の人たちはみんな半袖のポロシャツを着ていた。腰にきりっとエプロンをして、笑顔でてきぱき働いている。そして、私はガラスケースにドーナツがあるのを見つけた。ドーナツ！　濡れたブーツのなかで足がかじかみ、突然の温度変化で鼻も頬も赤くなっているに違いないこういうときに、コーヒーとドーナツ以上にふさわしいものがあるだろうか。

私は入口近くのテーブルにつき、熱いコーヒーをのんでドーナツをたべた。おもては吹雪なのにそこは暖かく、ドーナツは甘く、さっくりしていておいしかった。いいところじゃないの、スターバックス。そう思った。

ドーナツをたべると、いろいろなことを思いだす。かつて、一年間だけアメリカの田舎町に留学していたころのことを。ともかく、何かというとドーナツなのだった。私と、仲のいい女の子たちのあいだではそうだった。小さなパーティ、試験勉強、ドライブ、内緒話、何をするにもドーナツが欠かせなかった。十二個買えば一ドル九十九セント（たぶん）になる、という不思議なシステムが当時ダンキン・ドーナツにあり、十二個もたべられないだろうと思うのに、買うとたべてしまうのだった。

そんなことを思いだし、身体も温まって落着くと、公衆電話を探すより、タクシーでまっすぐホテルに帰って電話をする方が、断然早いし確実だ、ということにやっと思い至った。それでそうしてみたところ、驚いたことに、ホテルのロビーで、その友人が待っていてくれた。

「船が動いてないのに、どうやって来たの？」

互いに歓声をあげたあと、釈然としない思いで訊くと、友人は怪訝な顔をして、

「私が住んでるのはマンハッタンだもの」

と、言った。それからいきなり笑いだし、私が物事を全然把握していないのが昔どおりで可笑しい、と言い、把握していないのに行動できるところがすごい、とも言ったのだけれど、枚数が尽きてしまったのでこれは次回に続きます。

しぶさわ ● 常盤新平

ときわ・しんぺい
1931年岩手生まれ。作家、翻訳家、アメリカ文化研究者。早川書房で編集者として勤務したのち、文筆業へ。86年に自伝的小説『遠いアメリカ』で直木賞受賞。おもな著作に『ニューヨーク五番街物語』『窓の向うのアメリカ』など。2013年没。

何かの用事で日比谷に行ったときは、三信ビルに寄ってみる。そこにひと休みしたいコーヒー店がある。
丸屋根の八階建の三信ビルは昔ながらの面影をとどめていて、ゆったりした気分にさせてくれるビルヂングだと思う。一階の大理石の廊下には両側に文房具店やグリル、靴屋、洋品店などがあって、懐しいような情景である。そこに昭和二十年代が残っているかのようだ。

昭和二十年代といえば、宝塚劇場は米軍専用のアーニー・パイル劇場（シアター）といった。アーニー・パイルは第二次大戦で名を売った従軍記者（沖縄で戦死）である。和光はPXで、第一生命はGHQだった。日活ビルの裏手にはアメリカン・ファーマシーがある。

昭和三十年代にはいると、サンモトヤマが有楽町の毎日新聞社地下から三信ビルに移ってきたそうだ。グッチもエルメスもイェーガーもサンモトヤマによって知られるようになったといっていい。三信ビルのサンモトヤマには田中絹代や京マチ子、高峰三枝子が買物に来た。三船敏郎も来た。小津安二郎は以前からの客だった。川端康成がモンブランの万年筆を買いに訪れたという。ほかに顧客は菊田一夫、川口松太郎、三島由紀夫。（上前淳一郎『舶来屋一代』文藝春秋より）

正面の入口から廊下を抜けてゆけば、日比谷通り、その向うは日比谷公園だ。晩春から初夏にかけての夕方、気持のいい、昔の風がこの界隈を吹いている。

三信ビル地階の〈しぶさわ〉。年になんどか訪れる喫茶店で、地下道から三信ビルへ階段をあがってくると、はいって右手二軒目にある。コーヒーとケーキだけの店で、紅茶もチョコレートパフェもジュースもない。

喫茶店としては変っているが、店をひとりでやっている店主もまた変った、畏敬に値する女性だ。はじめての客は彼女のてきぱきした応対に戸惑うかもしれない。まるで口うるさい母親か出もどりの姉さんから命令されているようである。三信ビルの前の花水木（はなみずき）の白い花が満開で、汗ばむほどの四月末に訪れたとき、彼女は新来の客に無遠慮に言っていた。

「うちはアイスコーヒーはやっておりません。それでもいいですか？」

渋沢光江という。面長の、目鼻立ちのはっきりした、勝気そうなひとで、年齢は六十を過ぎているだろうか、しかし、若々しく声に張りがあって、歯切れがよく、はっきりものを言う。

〈しぶさわ〉では私はカウンターにすわる。たいていひとりなのである。ここで時間をつぶす。たいてい五時前で、店は空いている。

それに、カウンターは煙草を喫ってもいい。コーヒーを飲み、煙草を喫いながら、夕刊紙や週刊誌を読む。

ある日、女主人がカウンターと平行するテーブルの客と親しげに言葉をかわしているので、振り返ってみると、懐しい、にこやかな顔がある。舞台で見た顔だった。丹阿彌谷津子。彼女は女学校で渋沢さんの八年先輩だという。香川京子は府立第十で一級上だった。

テーブルは奥に向って右手に二人掛と四人掛のが一つずつ、一番奥は長椅子で、その手前に小さな丸テーブルが四つ、椅子が五脚、いずれも禁煙である。煙草が喫えるカウンターの席は六つ。狭い店でも、二十人ははいるが、午後一時ごろや四時ごろに来るからか、混んでいるときにぶつかったことがない。

〈しぶさわ〉の営業時間は正午ごろから午後十時まで。一度だけここで人と十二時に待ち合わせたが、来てみたらまだ店は開いていなくて、待ち人は入口に立っていた。

〈しぶさわ〉を知って五、六年になるだろうか。あるいは、もっとになるかもしれない。しかし、この喫茶店も女主人も昔から知っているような気がする。はじめてここでコーヒーを飲んだときから、女主人はそういう気持にさせてくれた。

店の造りはすべて木材をつかっている。木の床を踏むたびに靴が鳴って、おやと思う。二つあるテーブルの横は障子になっていて、照明で仄明るく、窓の役目をはたしている。となりは以前は中華料理屋だったが、いつのまにか居酒屋に変った。

内装は、茶室造りでは関東で一番の水沢工務店に頼んだという。使い勝手が悪いけれど、彼女は気に入っている。

私はたいていL字型のカウンターの角にすわるのだが、そこからくろずんだ金色の高さ一尺ばかりの仏像が見える。母親の遺品。過去の生活を店に飾っているのだという。親不孝だったからとちらと洩らしたが、詳しい話を聞きだす気にはならなかった。父にも母にも不孝だったというのは、彼女の若い日の美貌がもたらした罪だとこちらは勝手に想像するだけである。

〈しぶさわ〉はピーターズ・レストランの跡にできた。このレストランの名前だけは知っているが、はいったことはない。ピーターズ・レストランがあったころ、私は貧乏だった。

昭和四十六（一九七一）年、地下鉄千代田線が開通したときに、渋沢光江は三信ビルへ移ってきた。店の名前は〈しぶさわ〉ではなく、〈白馬〉である。三井不動産の江戸英雄氏の縁だという。昭和四十五（一九七〇）年に契約し、翌年の二月十二日に開店した。千代田線はその年の三月二十日に開通している。

それ以前は田村町（現・西新橋）で〈白馬〉という喫茶店を営んでいた。〈白馬〉の開店は昭和四十一、二年ごろだという。光江さんもそのころの記憶がはっきりしない。三信ビルにはいってからも、人をつかっていたが、ひとりでやりはじめて、気が楽になった。

「お客さまに粗相のないように、従業員の管理に気をつかわずにすみますものね」

でも、周囲の視線を感じる。ひとりでやっていくのが口惜しいこともないではない。うるさい婆あと思う人もいるだろう。

店名を〈しぶさわ〉に変えたのは、東京サミットがあった昭和六十一（一九八六）年、店内を改装して、ひとりでやるようになったときだ。自分流をはじめた。喫茶店は彼女の居間なのかもしれない。

カウンターの上には小さな人形や小動物が飾ってある。みんな客からの贈物だ。ビー玉のはいったグラスがおいてある。店を古風に見せるつもりはないが、グラスは三日に一度替える。

グランド・ピアノがあるのも、店をデザインした人にすすめられたからだ。ピアノは後輩から貸してもらった。これも店の雰囲気をよくしたいがためである。

なぜこんなところにグランド・ピアノが、と私は不思議に思った。けれども、この置きものがこのコーヒー店に落ちついた雰囲気をあたえている。

グランド・ピアノがなければ、四人掛のテーブルを二つはおけるだろう。しかし、それでは雰囲気ががらりと変ってしまう。ピアノのあるあたりは薄暗くしてある。

「つぶれもしないで、やっているんです」

光江さんは言って、それから、喫茶店をはじめた経緯（いきさつ）を話してくれた。差しつかえなかったらと私から頼んだのである。

「ようございますよ。隠すことなんか何もありませんから」

そう言って、朴春琴（ぼくしゅんきん）という名前をあげた。彼女の夫だった人である。韓国人。美しい名前ですねと私は言った。戦前に国会議員を二期務めて、故石井光次郎と親しかったそうである。この朝鮮人政治家の名は『現代日本朝日人物事典』にも載っている。一八九一（明治二十四）年、韓国慶尚南道生れ。一九〇六年ごろ渡日。

東京オリンピックの翌年（昭和四十年）、朴春琴七十四歳、渋沢光江三十二歳。光江の父親が亡くなって一年たっていた。新聞の秘書募集の求人広告を見て、彼女は応募し、父の命日の日に面接を受けた。一か八かという心境だった。

朴氏は秘書というよりも終生、面倒をみてくれる女性を求めていた。経済力があり、政財界に顔はひろかったが、孤独な老人だった。昭和七年、四十歳で本所深川（東京府第四区）から衆院選に立候補、初当選をはたした。その三十四年後に娘のような渋沢光江に妻の役割を求めたのだ。

光江さんは迷ったが、親孝行のかわりにとも思った。いつまでもためらっている女ではない。意外に早く決心がついて、以後、昭和四十八（一九七三）年、朴氏が八十一歳で亡くなるまで、八年のあいだ生活を共にした。ただし、入籍はしなかった。

「昭和四十八年三月三十一日、慶應病院で亡くなったのです。男の贈物だったと思います。このお店は私の宝物です」

江戸氏は朴春琴氏の頼みを聞いたのである。光江さんにとって、喫茶店〈しぶさわ〉は生業である。

「ただ食べてゆけるだけでいいんです。富を築くことを考えてはいけません。三信ビルって素敵でしょう。一階と地階は昔ながらの商店街ですものね。古きよき時代の産物。口はばったいことを申しあげるようですけれど、世の中が殺伐としているから、くつろげる場所をつくりたいんです」

〈しぶさわ〉ではいつも音楽が流れている。その音量が耳にここちよい。音楽はクラシックであることもあれば、カンツォーネであることもある。

話を聞いたのは客がいないときか、一人か二人しかいない、彼女が手を休めているときだったが、また新しく客がはいってきて、しばしば中断された。〈しぶさわ〉にはぽつりぽつりと客がやってくる。中年以上の男が多い。

二人で来ても五人で来ても、ここで大声をたてる客はいない。みんなぼそぼそと話し、低声で笑う。三信ビルのオフィスに勤める人はあまり来ないそうだ。固定客は百人そこそこということろらしい。

〈しぶさわ〉のような喫茶店を好む男はいまや五十代以上だろう。私もその一人だが、これはノスタルジアであるかもしれない。昭和二十年代や三十年代の、〈しぶさわ〉のような小ぢんまりとした、個性的な、しかし目だたない喫茶店が東京のいたるところにあったころへの。また、つい喫茶店で一服するのは惰性といえないこともない。

〈しぶさわ〉はいまやからくも生き残っている喫茶店だと思う。コーヒー一杯が四百円である。一日百人来ても四万円。ひとりだからやってゆけるという。

「コーヒーはかけそばの値段を上まわってはいけませんよ。コーヒーなんですから」

そのとおりだと思うけれど、八百円や千円という喫茶店が増えている。賃借料と人件費でそれだけもらわなければ、採算がとれなくなっている。

赤坂の喫茶店で時間をつぶしていたとき、すすめられるままに二杯飲んだら、そのコーヒー代が三千円だった。銀座よりもはるかに高い。〝生きたコーヒー〟を飲ませる店だそうであるが、ドブに金を捨てたような気がした。私の若い知人も夫婦でそこへ行って、すすめられるままにやはり二杯ずつ飲んだら、七千円だった。その店を出たとき、細君は、今夜の食事はセブンイレブンで我慢しましょうと言ったそうである。

たかがコーヒー一杯が千五百円から二千円というのはぶったまげるような値段だが、個人営業の喫茶店はそれだけ追いつめられているのだろう。一方に缶コーヒーがあり、もう一方にチェーンの立飲みの安いコーヒー店があって、どちらも繁盛しているのだから、前途は容易ではない。

〈しぶさわ〉には二十代の女たちもやってくる。おそらく光江さんのさっぱりした性格に彼女たちが合うのだろう。そのかわり、三十代の女はハナモチならない。

「私、うしろからコチンとやることがあるんですよ」

光江さんなら歯に衣着せずに言うだろう。男馴れした世の中を知ったつもりの三十代には我慢がならないはずだ。彼女たちはこの女主人をなんと呼んでいるのか。

「いまは、おばさん。昔はママとかママさんとか呼んでくれましたけどね。年配のお客さまは、おねえさん」

味がまずかったら、その喫茶店には行かない。私はコーヒーのことはわからないが、癖のない、できれば濃(こく)のあるコーヒーを好む。〈しぶさわ〉のは女が淹れるコーヒーだと思う。

静岡、両替町に〈楼蘭(ろうらん)〉という「珈琲店」があって、そこも女ひとりでやっているのだが、彼女が淹れるコーヒーは〈しぶさわ〉の風味に似ている。なよやかな感じがする。光江さんは言う。

「でも、コーヒーのうまさは時の運ですよ。私は倦(う)まずたゆまずやっているだけです。この店を生かしたいんです。そこそこに食べてゆきながら、ここになついてくれるお客さまに、私にできるものを贈りたいの」

それはエネルギーだと彼女は言う。胸に悩みがあるとき、一杯のコーヒーで元気づけられればいいと彼女は思う。

若い男が一人で来ることがある。彼等はどういうわけかコーヒーとケーキを注文する。ケーキは麹町(こうじまち)のシャーレ・栄陽堂のものだ。

若いカップルが待ち合わせに〈しぶさわ〉を利用する。ここは小さな喫茶店だ。彼等に対して光江さんは無関心をよそおいながら、優しい気持になっている。

一度だけ私は若い女性を案内したことがある。光江さんはなぜかその女性編集者を気に入って、ケーキをご馳走してくれた。婚約祝いだったのかもしれない。編集者は来春に結婚することを話したのだ。

〈しぶさわ〉が混んでいるのを見たことはないが、光江さんは、混んでくればくるほど元気が出てくるという。自分の手に負えなくなると、知った客をこきつかう。

一人でやっているから、張りがある。しかし、一人で仕切るのが身につくまでに、丸一年かかった。

十時閉店。はじめのころは後片づけをしないで帰ってしまった。いまは後片づけをしてから店を閉める。その後片づけをおぼえるのにも一年かかった。

「結局は自分を売っているんですね。気楽な商売のように見せかけていますけど、それは演技力」

光江さんの服装は私の知るかぎり、ブラウスにスラックス、それにスニーカーだ。カジュアルなのだが、彼女の顔を思いうかべようとすると、和服姿が見えてくる。彼女の優雅な身のこなしと店の造りが和服を連想させるらしい。

実は二度目か三度目に〈しぶさわ〉を訪れたとき、以前にお会いしてますと言われた。赤坂のゴーントラーンというスナックをおぼえていますかと光江さんは訊いた。そこで私たちは逢っている。

親しい人たちに集まってもらった私の出版記念会に光江さんは顔を出した。アーウィン・ショーの『夏服を着た女たち』の拙訳とアメリカについて書いたエッセー集が出た一九七九年の初夏である。

その集まりでは知らない人たちに会った。言葉遣いの上品な婦人がいたので、その人が渋沢光江さんだったのかもしれない。世の中はというより東京は狭い。三信ビルがあり、〈しぶさわ〉があったおかげで、光江さんに再会できた。

日比谷界隈には喫茶店が点在している。いまはないが、日比谷映画館の横に〈セシボン〉という喫茶店があって、そこの一階や二階でときどきコーヒーを飲んだ。そして、日比谷を歩いているうちに、三信ビルにはいりこんでいた。ここの地階の便所がよかったのだ。自分の体がすっぽりはいるほど小便壺が大きくて、大理石でできていた。

この立派な、堂々とした便所で小便をしたくて三信ビルにおりていったことも一再ならずあるが、いまは取り換えられて、用がすめば自動的に水が流れてくる仕掛けになっている。残念な気がしないでもない。

たぶん新しい便所になったころに〈しぶさわ〉を知ったのだ。訪れるたびに、おや、お珍しいと光江さんに言われる。私が忘れたころにしか行かないからだ。しかし、忘れがたい喫茶店なのである。

三信ビルの階段をおりて、〈しぶさわ〉に行くとき、私は子供のころに聞いた「小さな喫茶店」という曲を思い出している。喫茶店という言葉もこの曲ではじめて知ったように思う。

その譜面を手に入れてもらったが、昭和十年に流行した歌である。作曲はフレッド・レイモンド、訳詞、青木爽。

それは去年のことだった
星のきれいな宵だった
二人で歩いた思い出のこみちだよ
なつかしい　あの
過ぎた日の事が浮ぶよ
このみちを歩くとき
なにかしら悩ましくなる
春さきの宵だったが

※小さな喫茶店に
はいったときも二人は
お茶とお菓子を前にして
ひとこともしゃべらぬ

そばでラジオが甘い歌を
やさしく歌ってたが
二人はただ　だまって
むき会っていたっけね

※くり返し

稚拙な歌詞だけれど、この曲にぴったりで、巧まざる、うまい訳詞である。原詞は知らない。この曲は想像力をかきたててくれる。「お茶とお菓子を前にして／ひとこともしゃべらぬ」というのは、彼と彼女にとってはじめてのデートだったのだと思わせる。

〈しぶさわ〉で「ただ　だまって／むき会っていた」二人（カップル）を見たことはないが、そういうカップルが奥の小さなテーブルをはさんで向きあっていてもおかしくないような喫茶店だ。彼等にふさわしい、大都会のなかの、ひっそりとした喫茶店である。

けれども、内気な、つつましい恋人たちはもういないのだろう。〈しぶさわ〉のような喫茶店が一軒また一軒と消えてゆきつつある。昔ながらの、夫婦でやっている、あるいは男ひとりで、女ひとりで営む喫茶店はこの忙しい世の中に合わない。それ故に私などにはいっそう貴重な存在に思われてくる。

光江さんが「宝物」と言ったように、私にとっても〈しぶさわ〉はいまは「宝物」である。ここでコーヒーを飲むたびに、いつまでつづくのかと思う。いつまでこのコーヒーが飲めるのか。世知辛くなる一方で、渋沢さんも老いてゆく。私だって年寄りだ。コーヒーを淹れるのだって大変になってくるだろう。

夜の十時、店を閉めるとき、女主人は昼からほとんど立ちんぼだったので、疲れきっているにちがいない。彼女のことだから、何もかもきちんと片づけないと、気がすまないはずだ。

店を閉めて帰るときの彼女の姿が目に浮ぶ。店では気が張って、明るくふるまっていたが、家に帰るときは老いが影のように彼女の後姿についてゆく。

喫茶店の商売は楽じゃない。重労働である。けれども、この商売一筋には、慣れというものもある。

五月の連休が明けた、気持のいい涼風が吹く夜の九時ごろ、パーティの流れで何人かとホテルのバーでカクテルを一杯飲んだあと、〈しぶさわ〉に寄ってみた。酔いをさまして帰りたかったのだ。

おや、お珍しい、とこのときもやはり光江さんに言われた。私はカウンターにすわり、コーヒーを頼んだ。といっても、ここにはコーヒーしかない。それはわかっているのだが、コーヒーを、とつい言ってしまう。

若い女性がグランド・ピアノのとなりのテーブルで文庫本を読んでいた。初夏らしく白いスーツを着ていて、清楚である。彼女はときどき入口のほうへ目を走らせては、また読書にもどるのだった。年齢は二十四、五というところか。私は流れている曲名を光江さんにたずねた。

「なんといいましたかね、いまケースを調べてみますわ」

よく聴いた曲である。その曲名が頭に浮んでこない。

「わかりましたよ。『ラスト・ワルツ』ですね」

九時十五分になっても入口に若い女性の待ち人の姿は見えなかった。私は光江さんと天候や不景気の話をしていたが、光江さんは心配そうに若い女のほうをうかがっていた。

九時半を過ぎて、若い男がようやく現われた。鞄を小腋に抱えて、汗をかいている。駆けこむようにはいってきて、課長が帰してくれないんだよと弁解して、椅子にすわった。若い女性が何か言ったが、それは聞こえなかった。ダーク・スーツの若い男は光江さんに「おばさん、僕にコーヒーをください」顔を向けて言った。

「無理しなくてもいいのよ」

「でも、あとは彼女を送っていくだけだから」

はいはいと光江さんは言って、コーヒーをカップに注ぎはじめた。おくれてご免よと言う声を聞きながら、私は立ちあがった。百円玉や五百円玉が載っている皿に百円硬貨を四つおいて店を出た。

大みそかはブルーエイトへ ● シソンヌ じろう

しそんぬ じろう
1978年青森生まれ。お笑いコンビ「シソンヌ」でネタ作りとおもにボケを担当。2014年、シソンヌとしてキングオブコント優勝。おもな著作に『シソンヌじろうの自分探し』、『甘いお酒でうがい』（川嶋佳子名義）など。

今回は弘前のカフェ「ブルーエイト」のことを。
昨年末の大みそか、どうせどこのお店もやってないだろうなぁ、と半ば諦めつつも恒例の「土手ぶら」をしに土手町へ行ってみるとなんと、ブルーエイトがやっているではありませんか。愛煙家ゆえ、タバコが吸えない喫茶店に行くことがほとんどなくなってしまったのだが、おそらくブルーエイトをスルーして土手町内部へ侵入しても開いてるお店はないだろうと判断し、いざ細階段を登ることに。

土手町は細くて暗い階段を登らないとたどり着けないお店が多くて、一見さんにはちょっとハードルが高い感じがしてそれがまたいい。高校生の頃、この階段を初めて登るのにどれだけ勇気がいったか。

10数年ぶりに細階段を登り終えていざ店の前に立つと、お店の前には張り紙がたくさん。目に飛び込んできたのは『店内でのサングラスの使用はご遠慮ください』。それを見た瞬間記憶がフラッシュバックした。そうだそうだ、マスターは結構頑固な感じの人だったな。

弘前のお店に入ると、そこかしこに貼られている「青天の霹靂（へきれき）」の広告効果で「あら、じろうさん！」と割とちやほやされることが多いのだが、ブルーエイトのマスターはさすがにそれはないだろうな、と思いいざ入店。

「いらっしゃい」

……。やっぱりなかった。ちなみに鍛治町の喫茶店ルビアンのマスターにも一回もちやほやされたことはない。津軽のおじ様方への認知度はまだまだだ。

席に着くと奥様がメニューを持ってきてくれた。二度目のちやほやチャンスだ。

僕はおば様にめっぽう強い。イトーヨーカドーであおもりご当地ガチャガチャをやっていたら、従業員のおば様たちに気付かれて完全包囲されたことがあるのだから。

「どうぞ」

…。ブルーエイトはこうじゃないと。

店内には僕一人。本棚にびっしりと並ぶ漫画のラインナップは当時のままで、時間が止まっているかのようだった。僕の高校時代、ブルーエイトには来店した人が好きなことを書いていい落書き帳みたいなものが置かれてあった。当時の弘前の女子高生たちはそのノートにかっこいい人ランキング、みたいなものを書いていて、バカな男子高校生たち（僕も含む）は誰が書かれているのかよく覗（のぞ）き見しにいった。当然僕の名前が書かれていることなど一度もなかった。店内を見た感じノートはもうなさそうだった。

コーヒーを一杯だけいただき、退店。高校の後輩でNHKでアナウンサーをしている副島萌生（そえじまめい）ちゃんと一力（いちりき）で蕎麦（そば）を食べる約束をしていたので一力へ。萌生ちゃんにブルーエイトのことを話すと萌生ちゃんも高校時代通っていたらしく、行きたい！となり、なぜかその日二度目のブルーエイトへ。

さっきまで一人で来ていた謎の薄着の男が、今度は女性を連れて現れたからマスターはさぞ恐怖に感じたことだろう。土手町の交差点が見下ろせる特等席でお互いの学生時代の話をしながらお茶をした。

その数日後、ブルーエイト譲ります、の張り紙を出しているとのニュースを見た。また土手町のシンボル的なお店がなくなってしまうことにショックを受けたが、あのタイミングで来店できたことになんだか運命めいたものも感じた。

その後新店主が無事決まったようで良かったです。僕が口を出すことではないですが、市民が思い描く理想にとらわれず、ご自身の理想のお店にしてください。土手町の大事な景観を引き継いでくださって、それだけでありがたいです。いつか寄らせていただきますね。あ、ちやほやしてくれなくていいですからね。

カフェ・プランタン

森茉莉

もり・まり
1903年、森鷗外の長女として東京に生まれる。小説家、随筆家。『父の帽子』で日本エッセイスト・クラブ賞、『甘い蜜の部屋』で泉鏡花文学賞受賞。その他おもな著作に『恋人たちの森』『贅沢貧乏』『ドッキリチャンネル』など。1987年没。

帝劇から、真暗な中にお堀端の柳が仄(ほの)かに見え、その後(うしろ)にお堀の水が暗く、黒く沈んでいる外に出た、真白な帽子のお化けのような子供と、黒い、長いマントォの下から出た仙台平の袴をシュル、シュル鳴らし、黒檀(こくたん)の太い洋杖(ステッキ)を突いた男との二人連れは、日比谷公園の角を曲って銀座に出た。ここにも暗い中に柳が暈(ぼんや)りと立ち並び、土や雨に湿った木煉瓦(もくれんが)の舗道が続いている。明治の銀座は暗く、店々の黄金(きん)

色の電灯の光が洩れ、微かな、だが厳然としたといってもいい位の、確りした西欧文明の香いが、商店の中に、人々の服装に、誰かが隠しに入れている外国煙草やパイプに、居据っていて、カルダン、プレタポルテ、オォトゥ・クウチュウル、なんて言う広告文句のバカ騒ぎと一緒に入って来る（巴里の流行）なんかではない、ほんものの西洋文明が、あった。神経のある、西洋のわかる人々だけが西洋のものをたべ、舶来唐物を身につけていた傾向があったからだ。一方、明治になる前の江戸的なものも、これ又厳然と残って、根を浚われないでいた。田村屋の唐桟縞の浴衣、さのやの足袋、菊秀の切り出しや、鏡花の出刃打ちが持つような出刃、そういう老舗がひっそりと栄えていて、くさやの干物で夕飯をたべた老舗の旦那がカフエ・パウリスタや、メゾン鴻の巣で珈琲をのみ、外国煙草をふかす、という感じだった。銀座から話がはみ出すが、不忍池は上野の山の下に鈍い銀色に光り、蓮番人の古びた小舟がもやっている池は夏になるとガワガワと重なり合う蓮の葉で一杯になり、上野の杜の明け烏が鳴きわたる前に、薄紅と白との蓮の花の開く幽かな音がした。フランス人が涙の木といっている柳がこの池のまわりにも立っていて、冬は焦茶色の木になり、面白い形に折れた蓮の茎や、蓮の実と一緒に素晴しい風景を造り出していた。

　さて黒マントの男と白い帽子のお化けのような幼女とはカフェ・プランタンに入った。卓子（テエブル）について、白い帽子と白い毛皮の小さな肩かけとマッフをとって貰った私は明るい店の中を見た。帝劇にいた黒い蜂の群はここにも群がっていた。劇場の中では、憧憬と熱情を内にひそめて、しんと鎮まっていた彼らは、ここでは透徹（すきとお）った黒い翅をブンブンふるわせて、喋り、笑っている。劇場で黙っていた若ものにも、カフェでがやがやしている若ものにも、異様なほどの熱気が孕んでいて、それが幼い私にも電気のように伝わった。やがて運ばれて来た珈琲の茶碗を私は父親がミルクと砂糖を入れるや否や口へもって行った。珈琲がはじめての私は父親がミルクや砂糖を入れたのをみてよほど美味（うま）いものだと思ったのだ。父親が「お茉莉、熱いぞ」と言ったのも間に合わなかった。すると手もとが狂って、熱い珈琲が胸にかかった。父親は私をつれて店の奥へいって、ボオイに絞ったナフキンを貰い、着物の胸を拭いてくれたが、驚いた私の頭の中は「ボルクマン」の舞台の恐怖と母に怒られる不安とがすっかり入れ交（かわ）ってしまった。どっちも恐怖である。

気だるい朝の豪華モーニング七品セット ● 椎名誠

しいな・まこと
１９４４年東京生まれ。小説家、映画監督、写真家。業界新聞の記者を経て『本の雑誌』を創刊。『犬の系譜』で吉川英治文学新人賞、『アド・バード』で日本ＳＦ大賞受賞。その他おもな著作に『岳物語』「あやしい探検隊」シリーズ、『ぼくがいま、死について思うこと』など。

翌日、岐阜市北鶉（きたうずら）の「カフェ・ストロベリーガーデン」という喫茶店に連れていってもらった。なんだか朝から甘そうな店の名であるが気にしないことにした。

午前十時すぎの都市郊外の喫茶店にはビバルディふうの弦楽四重奏が静かに流れている。あたりは完全な住宅地である。すでにその時間では外の日差しはだいぶ鋭くなっているが、クーラーがほどよく効いているので店のなかはここちがいい。窓の向こうに遠く夏の雲が流れている。

　ちらほら座っている客はみんな近所の主婦らしい。彼女らのテーブルの上にはコーヒーや紅茶のカップがひとつずつ。もうとうにモーニングサービスの摂取は終わっているのだろう。あたりにはやるせなく、しかもどことなく気だるい空気が漂っている。

　倦怠期にはいりこんでしまったがまだ充分色香のあるヒトヅマが夏の長い一日のはじまりを持て余しているかんじだ。予期せぬ何かがおこるのを秘かに期待しているのだろうか。欧米あたりの映画だとたいていここできちんと予期せぬ何かがおこり、予期せぬドラマが始まるのだ。

　斜め前のソファに座っている主婦らしき人は洗濯崩れしたトレーナーの袖をまくって少女マンガ雑誌に集中している。このへんが欧米映画とちょっと違うところかな。

　やがて静かに何気なくというか当然つーか注文をとりにやってきた店の人に静かに何気なくつーか当然つーか、とりあえずコーヒーを注文した。

　すぐに割り箸がテーブルの上に置かれた。コーヒーを注文したらいきなり割り箸が出てくるところが凄い。何かがおこりそうだ。

ややあって味噌汁が出てきた。おお。やっぱりなにかがおきた。カフェ・ストロベリーガーデンの味噌汁なのだ。このへんが欧米映画と激しく違うところだな。

具はネギ、ダイコン、マイタケというちゃんとした正しい味噌汁である。

当然つーかしょうがないつーかそれを啜（すす）っていると、続いて特別仕様ふうのトレイがしずしずとやってきた。

その上には、おお！

バターとジャムが塗られたかなり厚いトースト、野菜サラダ、コーヒーゼリー、オレンジ一切れ、青紫蘇をちらした俵むすび、冷しうどん、そして主役のコーヒー。

冷しうどんの上にはちゃんと小さいチクワと天カスと七味がのっている。これで三百七十円。おお！　静かな店の中でいちいち「おお！」などとのけぞっている親父というのも困ったものである。

二〇〇二年「家計調査年報」（総務省）によると都市別に見た一世帯あたりの年間喫茶代は第一位がこの岐阜で、一世帯あたり一万五千五百二十五円。二位が名古屋で一万三千七百七円。三位がぐっと落ちて京都の八千七百三円。全国平均は五千百六十四円であった。

それにしてもこういう話を書くときは有り難いが、しかし総務省というのはずいぶんこまかいところまで調査をしているんですねえ。

全国商業調査のデータによると、日本全国の飲食店の中で喫茶店の占める比率は一二・七パーセントだが、名古屋だけの比率でみると四六・三パーセントになっている。名古屋では飲食店の二店に一店が喫茶店というわけだ。

いきおい過当競争となり、各店モーニングサービスの品ぞろえや内容に工夫をこらし、モーニングサービスの時間も午後三時まで延長したり、中には一日中モーニングサービスという喫茶店もあった。もうこうなると名古屋は夜中だってモーニングなのである。

せっかく岐阜まで行ったのにケダルイ主婦と予期せぬことも何もおきず味噌汁つきのトーストやうどんでお腹がいっぱいになったのですぐさま名古屋市内に戻り、次に連れていってもらったのは「茶っきり娘」という老舗（しにせ）のお菓子やさんだった。

「いっぺんたべてみてちょうでゃあー」

という看板の宣伝文句が目に入る。

だんだん今回の取材の要領がわかってきたらしく、Ｆさんのおすすめはこの店で最近売り出し中の「名古屋きしめんアイス」「八丁味噌アイス」「手羽先アイス」などであった。まだまだ予期せぬ組み合わせのメニューがあるのだがもう書く勇気がない。

いくら取材といっても全部は無理だから手羽先アイスを頼んだ。

手羽先の形や色を真似した最中（もなか）みたいなものがアイスクリームの中に入っていて「冗談だがね」と手羽先ふるわせながら笑って言っているのかと思ったが、名古屋はそんな軽薄なウケ狙（ねら）いは一切しない。あくまでも生真面目（きまじめ）に正直に強引に看板に偽りなし。きちんと本物の手羽先がソフトアイスクリームの中にきっぱりアブラをしみ込ませて多数混入しているのであった。

どうしてアイスクリームの中に鶏の肉が入っていなければならないのか、という本質的な問題を考える余裕もなく、鶏の肉とアイスの、いわば双方同格のエイリアン同士が未知との遭遇をしているような、スリリングかつ豪放かつ大胆不敵「まあこうなってまったら、何をしてもええがね」状態の双進的コラボレーションに邁進（まいしん）しているのであった。

その日は手羽先アイスひとつで胸も腹もいっぱいになってしまい、食べられなくて残念でならないのだが、この店のウリモノのひとつ「八丁味噌アイス」は愛知県観光土産品協会会長賞を受賞したのである。味噌とアイスか。食べたかったなあ。

なんとなく勢いを得たかんじのＦ氏は次に南山大学近くにある喫茶店「マウンテン」に連れていってくれた。ここは学生を中心に有名な店という。なるほど店の中は学生らしきグループが何組かいて、たいへん真面目そうな学生男女が正しそうな目をして明るい笑い声で正しそうな話をしている。

実はしかし感覚的にぼくはこういう正しそうな学生の正しそうな会話が一番ヨワイ。学生なんだからもっと怪しくあぶなっかしく危険な目をしていろよコラ。昼間から喫茶店などで笑って座っているな。

店の中のレトロ具合といい、埃（ほこり）っぽいインテリアといい三十年ぐらいタイムスリップしてしまった気分だ。

この店のダシモノも有名らしく、注文するのは「アレしかないでしょうな」と断定的なＦ氏。

なんだかわからないからすべてＦ氏にまかせ「アレ」を注文した。間もなく出てきたのは「抹茶小倉スパゲティ」なるものであった。

なるほど抹茶を練りこんだスパゲティは濃厚なる暗緑色の細麺状のものを互いにびっしりからませ波うたせ、その中央部にこれはもうまごうかたなき小倉餡のひと塊。中央部にサクランボがのっている。それらを玉座のようにして取り囲むよく攪拌され泡立てられた緻密なる生クリームの純白の汚れなきたおやかな輪環。私は沈黙し、しばらくそれをじっと眺めることにした。

謎の物体である。

ここは学生街である。

これは単なる破壊論的象徴主義から派生した虚栄のもとの形而上の皿の上の暗喩、という単純なものではあるまい。フェニスティールの言うように逸楽への逆説的礼賛か。

あるいはこの三種の異なった配色が異境の調和を求めて混沌化し忘我恍惚の浄化に苦悩している小宇宙の具現か。

このような古典的学生的苦悩を深めていると早くも次なる注文品が運ばれてきた。

マンゴーの辛子味超大盛りカキ氷。

高さざっと四十センチ。

これもまた難解なる物体である。

これだけ手間をかけた「とりつくシマのない食うのにはなはだ面倒なもの」が、単なるマンゴーシロップかけ辛子入り大盛りカキ氷などというものではあるまい。

解釈への苦悩は深まり、思考細胞のエントロピーは我が貧弱なる生態反応速度を相補結合し、視覚凝固した。つまり点目になりやがった。

「なんだ。またどこぞの取材かね。どうだ凄いだろ。うまいだろう。写真はカラーか。カラーじゃないとうちの凄さは出せないぞ。しっかり書いてくれや」

不思議なかつ面妖なる茶髪の親父がやってきてがさつな声でそう言った。

エントロピーは拡散し、わが点目は白濁目となった。

いく箸というか、いく匙かだした後、この店の結論は出たような気がした。

「もういいです。名古屋はこれからもこうしてみんなで勝手にやらせておきましょう」ぼくは帰り支度をした。

富士に就いて ● 太宰治

だざい・おさむ
1909年青森生まれ。小説家。35年「逆行」が、第1回芥川賞の次席となる。翌年、第一創作集『晩年』を刊行。おもな著作に『斜陽』『人間失格』など。48年、山崎富栄と入水自殺。

甲州の御坂峠の頂上に、天下茶屋という、ささやかな茶店がある。私は、九月の十三日から、この茶店の二階を借りて少しずつ、まずしい仕事をすすめている。この茶店の人たちは、親切である。私は、当分、ここにいて、仕事にはげむつもりである。

天下茶屋、正しくは、天下一茶屋というのだそうである。すぐちかくのトンネルの入口にも「天下第一」という大文字が彫り込まれていて、安達謙蔵、と署名されてある。この辺のながめは、天下第一である、という意味なのであろう。ここへ茶店を建てるときにも、ずいぶん烈（はげ）しい競争があったと聞いている。東京からの遊覧の客も、必ずここで一休みする。バスから降りて、まず崖の上から立小便して、それから、ああいいながめだ、と讃嘆の声を放つのである。

遊覧客たちの、そんな嘆声に接して、私は二階で仕事がくるしく、ごろり寝ころんだまま、その天下第一のながめを、横目で見るのだ。富士が、手に取るように近く見えて、河口湖が、その足下に冷く白くひろがっている。なんということもない。私は、かぶりを振って溜息（ためいき）を吐く。これも私の、無風流のせいであろうか。

私は、この風景を、拒否している。近景の秋の山々が両袖からせまって、その奥に湖水、そうして、蒼空に富士の秀峰、この風景の切りかたには、何か仕様のない恥かしさがありはしないか。これでは、まるで、風呂屋のペンキ画である。芝居の書きわりである。あまりにも註文とおりである。富士があって、その下に白く湖、なにが天下第一だ、と言いたくなる。巧（たくみ）すぎた落ちがある。完成され切ったいやらしさ。そう感ずるのも、これも、私の若さのせいであろうか。

所謂（いわゆる）「天下第一」の風景にはつねに驚きが伴わなければならぬ。私は、その意味で、華厳（けごん）の滝を推す。「華厳」とは、よくつけた、と思った。いたずらに、烈しさ、強さを求めているのでは、無い。私は、東北の生れであるが、咫尺（しせき）を弁ぜぬ吹雪の荒野を、まさか絶景とは言わぬ。人間に無関心な自然の精神、自然の宗教、そのようなものが、美しい風景にもやはり絶対に必要である、と思っているだけである。

　富士を、白扇さかしまなど形容して、まるでお座敷芸にまるめてしまっているのが、不服なのである。富士は、熔岩の山である。あかつきの富士を見るがいい。こぶだらけの山肌が朝日を受けて、あかがね色に光っている。私は、かえって、そのような富士の姿に、崇高を覚え、天下第一を感ずる。茶店で羊羹（ようかん）食いながら、白扇さかしまなど、気の毒に思うのである。なお、この一文、茶屋の人たちには、読ませたくないものだ。私が、ずいぶん親切に、世話を受けているのだから。

コーヒー色の回想

● 赤川次郎

あかがわ・じろう
1948年福岡生まれ。小説家。76年「幽霊列車」でオール讀物推理小説新人賞を受賞し、デビュー。78年『三毛猫ホームズの推理』が大ヒット。「三毛猫ホームズ」「三姉妹探偵団」などのシリーズものをはじめ、『セーラー服と機関銃』『探偵物語』など著作多数。

「いつも喫茶店ですね」

と、よく言われる。

私自身のことでなく、私の小説の登場人物のことだ。もちろん、それはアルコールの全く飲めない私が、バーという所にほとんど出入りしたことがないせいでもある。

おかげで、私の小説の登場人物はビールもカクテルも口にできず、時には甘味喫茶でお汁粉をすするはめになる。ロマンチックな会話は弾みそうにない。

私が作家になった、今から五十年ほど前には、至る所に喫茶店があって、編集者との打合せはたいてい新宿辺りの喫茶店だった。

今でも忘れられないのは、『セーラー服と機関銃』が薬師丸ひろ子君で映画化されることになって、監督と初めて会ったときのことだ。まだ昼間の喫茶店に、相米慎二監督は少し酔っ払って、赤い顔をして入って来た。

役者を厳しくしごくことで知られた相米監督だが、一面大変な照れ屋でもあって、原作者との初対面に、素面では来られなかったのだろう。ほとんど打合せらしいことはしなかったと思うが、開口一番、

「同い年なんだよなあ」

と言ったのは憶えている。

残念なことに、相米さんは早世してしまったが、今思うと、私が酒飲みなら、きっと一杯やりながら話したかったのだろう。

――夜中から明け方まで仕事をして、それから寝る、という私の生活パターンは、作家になって五十年、変らない。夜中の仕事にはやはりコーヒーが欠かせない。小説の中で、主人公がおいしいコーヒーを飲んでホッとしていると、私も飲みたくなる。そういう場面では、たいてい私も机から離れてコーヒーをいれに行っているのである。

仕事中と昼間の打合せで、合せて結構な量のコーヒーを飲むけれど、「味」に関しては、さっぱり分らない。「この店のこの豆でなくては」といった通では、全くない。

それでも、多少味にこだわるようになったのは、ウィーンにしばしば旅をしてからのことだ。周知のように、ウィーンでは「カフェ」が一つの文化として根づいていて、百年を超える歴史のあるカフェが何軒もある。

かつては作家や画家などが一日中カフェに座って、自宅の客間のように利用していたという。初めてウィーンに行ったとき、せっかくだから、「ウィンナコーヒー」

を頼もうとしたら、ガイドさんに、

「ウィーンにウィンナコーヒーはありません」

と言われた。

確かに、どのコーヒーを頼んでもウィンナコーヒーに違いない。最も一般的に頼むのが「メランジェ」で、ウィンナコーヒーのイメージに近い。メランジェを頼むと、なぜか水のグラスが付いてきて、そのグラスの上に、渡すようにスプーンが置いてある。長年の伝統なのだろうが、理由はよく分からない。

ともかく、伝統あるカフェで飲むメランジェは深みがあっておいしい。それぐらいは私にも分るのである。


ウィーンでよく泊ったホテル・インペリアルのカフェは、かつてワーグナーも訪れていたそうだが、私も、ここでコーヒーを飲んでいて、ウィーン・フィルのコンサートマスターだったキュッヘルさんを見かけたことがある。また、大指揮者のズービン・メータが、ハンドバッグ一つだけの夫人の後から、両手にいくつもトランクをさげてやって来るのを見てびっくりしたことも……。

メータはウィーン・フィルとしばしば来日するが、八十過ぎと聞いて愕然とする。精悍なイメージだったが、すっかり太ってしまった。

人のことは言えない。

新人賞をもらってから二年間、サラリーマンを続けながら書いていたときだ。シナリオライターに会うことになって、TVのプロデューサーと喫茶店に入って待っていた。プロデューサーも、そのライターさんとは面識がなかったのだが、フラリと入って来た、少し太めのラフな服装の男性を見て、すぐにその人だと分った。

「あの手の仕事の人は、たいていああいう感じだよ」

と言われて、背広にネクタイだった私は、そんなものかと思った。

今、正に鏡の中を見れば、その通りの人間が立っている。不規則な生活、運動不足。

色々原因はあろうが、少なくとも、コーヒーを飲んでもやせないということは確かである。

さて、これを書き終えたら、コーヒーにしよう。せめて、砂糖は入れないことにして……。

コーヒー ● 外山滋比古

とやま・しげひこ
1923年愛知生まれ。英文学者、言語学者、評論家、エッセイスト。『思考の整理学』はロングセラーとなり、現代でも東大生をはじめ多くの読者を持つ。国語教科書や入試問題の頻出著者でもある。2020年没。

このごろ喫茶店のコーヒーが急においしくなったような気がする。どうしてなのかわからないが、わけはわからなくても、うまいものはうまい。

コーヒーは好きだが、どこそこのブレンドでなくっちゃというような趣味はない。普通の店のコーヒーがうまければそれがいちばんありがたい。以前のように女の子がコーヒーをこぼしてきたり、ミルクをほうり込むといった乱暴なサービスもいくらかすくなくなった。

学会で名古屋へ行き、会場の大学の近くのスナックみたいなところでひと休みした。やはりコーヒーが飲みたい。安いからインスタント・コーヒーでもやむを得ないと思っていると、それが、びっくりするほどおいしい。おかげで眠気がいっぺんに覚めた。

日本橋の丸善の帰りに、近くの喫茶店でコロンビアをふんぱつしたら、ワゴン・サービスとでもいうのか、台車をもって来て、目の前でいれて見せた。しかし、これはどうもすこしものものしい。コーヒー通（つう）の学生が出入りするのだろう。

コーヒーをジェリーで固めて冷やし、上から厚くクリームをかけたコーヒー・ゼリーもわるくない。アイスクリームよりさっぱりしていて初夏向きである。うちの近所にもうまいコーヒーを飲ませるところができたが、まさかコーヒー・ゼリーなどがあろうとは思ってもみなかった。ところがある日、坐ろうとする隣のテーブルで食べているではないか。さっそく注文しようとするが通じない。無作法を勘弁してもらい、指さしたら、コーヒー冷菓だという。何でもよい。それをもって来てくれ給え。

うまい、珍しい、と喜んでいたが、思うにこれは子供向きのお菓子かもしれない。男たるものがうつつを抜かしてはこけんにかかわる。そういう疑惑がおこった。そこでためしに友人の国文学者にごちそうしてみると、彼はたちまちとりこになったらしく、家でもさっそくつくったという。快男子の彼にしてそうであればもう安心だ。いくらでもたべよう。

某日、手伝ってくれた学生をつれてこの店へ入った。六月とは思えないほど暑い日で、学生はアイスコーヒーだという。私はホットにする。アイスコーヒーはどうもコーヒーのような気がしない。ところが、ここではどうだろう。まずカラのコップに氷だけを入れてもって来る。そのあと熱いコーヒーをもってきて、それへ注いだから、目を見張った。氷をつたって熱いコーヒーが湯気をたてて流れる。澄んだ琥珀(こはく)色の液体がガラスと氷の反射光に映えて美しい。見ているだけで口がぬれて来た。まさに真夏の清涼感である。こんどはあのアイスコーヒーをためしてみようと思いながら、それからはまだそれほどの暑い日がやってこない。

コーヒー屋で馬に出会った朝の話 ● 長田弘

おさだ・ひろし
1939年福島生まれ。詩人。『私の二十世紀書店』で毎日出版文化賞、『森の絵本』で講談社出版文化賞絵本賞、『世界はうつくしいと』で三好達治賞受賞。その他おもな著作に『深呼吸の必要』『記憶のつくり方』『奇跡―ミラクル―』など。2015年没。

ふと気配をかんじて、目をあげると、おおきな窓ガラスのすぐむこうから、二つの目がまっすぐにわたしをみつめていました。それは、何ともいえない深々とした目の色をした馬の二つの目で、それまでわたしはこれほどまぢかに馬の目をみたことがありませんでしたし、そのときわたしは、朝の光りがおおきな窓ガラスにいっぱいにはじけるとても静かな古いコーヒー屋に、一人ですわっていたのです。

おもいがけない場所でおもいがけないものにいきなり出会ったら、驚いて当然なのに、じぶんでもふしぎなほどに、わたしは驚きをおぼえませんでした。それほど馬はごくごく自然にそこに立っていて、そして窓ガラスのむこうから、わたしをじっとみつめていたのです。

京都のコーヒー屋での話です。それは、ある秋の朝のことで、京都にいったときはいつもそうするように、わたしはその朝もまず、おおきな木のテーブルと細長い木のベンチがさりげなく置かれているその街の店で、朝のミルク・コーヒーを一人たのしんでいたのでした。ぶあつい ガラスのコップをくもらせる熱いミルク・コーヒーに、匙が一本無造作にはいっている。カフェ・オ・レでなく、まさにミルク・コーヒーの、その熱い甘さに舌を灼くと、どんな古寺名園に休むよりも、京都という街のもつ時間のなかにいるんだということが、わたしにはいつも実感されるのです。

明るい表通りに面して、下まで広く開いたおおきな窓のある、その古いふるいコーヒー屋がわたしはとても好きなのですが、その店というのはとくに風変わりなわけじゃないんです。目新しいものがべつにあるわけでない。出来たてのパンとミルク・コーヒーのおいしい店だけど、まるで衒(てら)いも気どりもない。天井がうれしいほど高くて、音楽がない。平凡といえば平凡だけれども、そこにはどこにもないものがあって、それは一人のわたしのための自由な時間です。

つめてすわれば十五人はすわれるだろうおおきなオークのテーブルがいくつかあって、好きに自由なところにすわって、じぶんとゆっくりとつきあう。ただそれだけですが、ただそれだけの気もちのいい時間を、そんなに自由にくれるような街の店は、そうそうほかにない。そうしたいい時間をじぶんに欲しくなったら、わたしは新幹線にとびのって、どこへでもなく、京都のその街の店へゆき、明るい窓際のベンチにすわって、熱いミルク・コーヒーをすすりたくなるんです。その店にゆくと、親しい一人のじぶんに会えるようにおもえる。

そのとき、明るい窓際のベンチに一人ですわっていて、ふと目をあげておおきな窓ガラスのむこうからわたしをじっとみつめているおおきな二つの目に気づいたとき、わたしがとっさにおぼえたおもいは、じぶんがここにこうして、このコーヒー屋の明るい窓際のベンチにすわることを、ずっとなによりも一人のたのしみとしてきたのは、いままでじぶんでも気づきもしなかったことだけれども、それはきっとこうしてふと目をあげて、じぶんをこんなにも深々とみつめているこのとても身近な二つの目に気づくためだったんだという、ふしぎなおもいでした。ルオーの描いたキリストが閉じた二つの目をふと開けたら、きっとこんなふうだろう。そうおもったことをおぼえています。

それは、おそらくほんのわずかなあいだの出来事だったはずですが、わたしには、それはまるで束の間の無限のようにおもえたんです。馬は、身をかえすと、おおきな窓をいっぱいに横切って、わたしのなかになんだか奇妙な感動といったような感情を深々とのこして、そのままうつくしく黄葉した銀杏並木のつづく古い街の明るい大通りの鋪道をゆっくりと遠ざかって、ふっと姿を消したのですが、そのときどうして秋の街の朝の鋪道を、一頭の馬が悠然とあるいていたのか。それは、古いふるいコーヒー屋のすぐ隣りあった古い時計台のある大学の農学部の馬の、朝のいっときの散歩に、たまたま出会っただけだったのかもしれません。けれども、その秋の朝、おおきな窓ガラスにとびちる朝の光りのなかから、わたしの目を深々とのぞきこんでいたあの馬の目は、目というよりその目の色は、わたしには、ほとんどさりげなくありふれた奇蹟のようにしかおもえなかったのです。

何も驚くようなことじゃないけれども、じぶんというのはわたしにとって、ほんとうはありふれたさりげない一つの奇蹟なんだということを、そのとき馬の二つの目にじぶんを深々とみつめられて、わたしははじめて、したたかにおもいしらされたような気がしていました。コーヒー屋で馬に出会ったことは二どとありません。しかし、それからわたしは、いまでもずっとおもっているのです。馬は神さまの子どもの二つの目をもっている生きものなんだ、と。

しるこ

芥川龍之介

あくたがわ・りゅうのすけ
１８９２年東京生まれ。小説家。東京帝大在学中に発表した「鼻」が夏目漱石に評価される。海軍機関学校の英語の嘱託教官として働いた後、大阪毎日新聞社社員として文筆活動に専念。著作に『羅生門』『地獄変』『歯車』『或阿呆の一生』など。１９２７年没。

久保田万太郎君くんの「しるこ」のことを書いてゐるのを見、僕も亦(また)「しるこ」のことを書いて見たい欲望を感じた。震災以來の東京は梅園(うめぞの)や松村(まつむら)以外には「しるこ」屋らしい「しるこ」屋は跡を絶つてしまつた。その代りにどこもカツフエだらけである。僕等はもう廣小路の「常盤(ときわ)」にあの椀になみなみと盛つた「おきな」を味(あじは)ふことは出來ない。これは僕等下戸仲間の爲(ため)には少からぬ損失である。のみならず僕等の東京の爲にもやはり少からぬ損失である。

それも「常盤」の「しるこ」に匹敵するほどの珈琲を飲ませるカツフエでもあれば、まだ僕等は仕合せであらう。が、かう云ふ珈琲を飲むことも現在ではちよつと不可能である。僕はその爲にも「しるこ」屋のないことを情けないことの一つに數へざるを得ない。

「しるこ」は西洋料理や支那料理と一しよに東京の「しるこ」を第一としてゐる。(或は「してゐた」と言はなければならぬ。)しかもまだ紅毛人たちは「しるこ」の味を知つてゐない。若し一度知つたとすれば、「しるこ」も亦或は麻雀戯のやうに世界を風靡しないとも限らないのである。帝國ホテルや精養軒のマネエヂヤア諸君は何かの機會に紅毛人たちにも一椀の「しるこ」をすすめて見るが善い。彼等は天ぷらを愛するやうに「しるこ」をも必ず――愛するかどうかは多少の疑問はあるにもせよ、兎に角一應はすすめて見る價値のあることだけは確かであらう。

僕は今もペンを持つたまま、はるかにニユウヨオクの或クラブに紅毛人の男女が七八人、一椀の「しるこ」を啜りながら、チヤアリ、チヤプリンの離婚問題か何かを話してゐる光景を想像してゐる。それから又パリの或カツフエにやはり紅毛人

――こんな想像をすることは閑人の仕事に相違ない。しかしあの逞しいムッソリニも一椀の「しるこ」を啜りながら、天下の大勢を考へてゐるのは兎に角想像するだけでも愉快であらう。

コーヒー五千円

片山廣子

かたやま・ひろこ
1878年東京生まれ。歌人、随筆家、翻訳家。東洋英和女学校卒業、佐佐木信綱に師事し歌人として活躍、歌集『翡翠』『野に住みて』を出版。松村みね子の筆名で翻訳も手がけた。随筆集『燈火節』では第3回日本エッセイスト・クラブ賞を受賞。芥川龍之介の『或阿呆の一生』にも登場する。1957年没。

洗足池のそばのHの家に泊りに行つて、Hの弟のSにたびたび会つた。Sは、南の方のある島から僅かに生き残つて帰つて来た少数の一人であつた。すつかり体の調子が悪くなつたので伊東温泉に行つたり東京に出て来たりして養生してゐる時で、彼はその時分しきりにおいしい物がたべたいので、魚や肉を買つてはHの家に持つて来て料理を頼んだ。さういふ時にゆき合せて私も御馳走になることがたびたびだつた。

Sはわかい時から外国を廻り歩いた人なのでたいそうギヤラントで、よく私たちに調子を合せて話をしてくれた。中国に相当に長い月日を過して来たからSはよく中国の話をした。その時分上海が非常なインフレになつたので、紙幣(おさつ)をかばんに一ぱいつめ込んでレストーランに行き料理をたべる話なぞきかせた。「コーヒーが一杯五千円です」と彼が言つた。まだその時分私たちの東京ではコーヒーが一円ぐらゐなものであつたらう。だから五千円と聞いて眼がまはるやうで「コーヒーが五千円で、お料理が十万円ですか? 東京がそんなインフレになつたら、私たちは死ぬばかりですね。でも、死ぬのも大へんにかかりませう?」私が言ふと「百万円以上かかるでせうね。しかし、そんな心配をなさらんでも、衣裳をたくさんお持ちでせうから、必要の時それを一枚一枚売るんですね。大島の着物を一枚十万円ぐらゐに売れば、日本のインフレはどうにかしのげるでせう」Sはさう言つてくれた。

その時からもう六七年の月日が経つてゐる。私の大島はまだ十万円には売れない。コーヒーも五十円あるひは百円位で飲むことが出来る。百万円のお金を使はないでも私が無事に眠ることができればこの上もない幸だと思ふ。それに上海でも、インフレのために市じうの人間が死んだといふ噂もまだ聞かない。

一杯のコーヒーから

向田邦子

むこうだ・くにこ
1929年東京生まれ。脚本家、作家。社長秘書、映画雑誌編集者を経て、脚本家に。代表作に「だいこんの花」「寺内貫太郎一家」「阿修羅のごとく」など。おもな著作に『父の詫び状』、『思い出トランプ』など。1981年没。

「一杯のコーヒーから
夢の花咲くこともある」
子供の頃、洗濯をしながら母がよくこの歌を歌っているのを聞いた記憶があります。当時、うちでは紅茶はいいけれどもコーヒーは飲ませると夜中に騒ぐという理由で子供は飲ませてもらえませんでした。早く大人になって思いきりコーヒーというものを飲んでみたいと思っていました。

会社の伝票でコーヒーが飲めるから出版社へつとめたわけでもありませんが、二十八歳の私は、雄鶏社（おんどり）という出版社で「映画ストーリー」を毎月つくっていました。主として外国映画のストーリーを紹介する雑誌です。入社して五、六年目だったと思います。

お恥ずかしいはなしですが、私は極めて厭（あ）きっぽい人間で、何でもはじめの三年ほどは面白いと思い熱中するのですが、すぐに退屈してしまうのです。この仕事もそうでした。世間様より一足お先に試写室でタダで映画が見られる。グラビアのネーム（記事）を書いたりサブ・タイトルをつけたりする。こまかい囲み記事を書き、乏しい英語の学力で辞書を引き引き海の向うのスターのゴシップ記事をでっちあげてページを埋める楽しみをひと通り味わってしまうと、あとは、広告取りから割りつけ、校正までを三、四人でやらねばならない中小出版の疲労が残りました。アメリカ映画やフランス映画の黄金時代が終り、本場のアメリカでも擡頭（たいとう）してきたテレビに押されてスタジオが売りに出されたりというニュースが飛び込んできたりしていました。つとめ先の景気もあまりよいとはいえず、部数はどんどん落ちてゆきます。結婚もせず、お金もなく会社の先行きもあまり明るくない——すべてに中途半端な気持で、その頃の私はスポーツに熱中することで憂さを晴らしていました。冬のことです。

松竹本社の試写室で、毎日新聞の今戸公徳(いまどきみのり)氏と一緒になりました。今戸氏は広告の担当でうちの編集部にもよく顔を出しておられました。

「クロちゃん、スキーにいかないの」

クロちゃんというのは私のあだ名です。夏は水泳、冬はスキー。白くなる暇がありませんでした。いつも黒いセーターや手縫いの黒い服一枚で通していたことも理由かも知れません。

「ゆきたいけど、お小遣いがつづかない」「アルバイトをすればいいじゃないの」

「でも社外原稿を書くとクビになるんですよ」

というようなやりとりのあと、このあと氏はお茶に誘って下さいました。松竹本社のそばにある新しく出来た喫茶店でした。

「テレビを書いてみない！」

雑誌の原稿は証拠が残るけど、テレビなら名前が出ても一瞬だから大丈夫だよ。

よかったら、紹介してあげるといわれるのです。

　時間が半端だったせいか、明るい店内は、ほとんど客がいません。新製品なんでしょう、いやに分厚くて重たいプラスチックのコーヒーカップは、半透明の白地にオレンジ色の花が描いてありました。置くとき、ガチンと音がしました。コーヒーは、薄い、いままでいうアメリカンだったと思います。

　テレビはちゃんと見たことがありませんでした。盛り場や電気屋の前でプロレスを人の頭越しにチラリと見た程度です。

「映画を沢山見ているから書けるよ」という今戸氏の言葉にはげまされて、新人作家でつくっている「Zプロ」の仲間に入れていただきました。週に一度、集って、日本テレビの「ダイヤル一一〇番」用のシノプシスを発表する。出来がいいと脚本にする——という段取りでした。

　私は駅前のそば屋でこの番組を見せてもらい、スジをひとつつくりました。殺された男はたばこをすいかけであったが、マッチもライターも持っていない。火を貸した男が犯人じゃないか——というような——いま考えるとかなり他愛ないしろものですが、きっとほかになかったんでしょう。これを脚本にしてオン・エアすることになりました。と、いっても私は犯罪音痴兼位階勲等音痴で、部長刑事と刑事部長とどっちが偉いのか何度レクチャーを受けても忘れる始末なので、同じ仲間の先輩格服部氏が共作者として加わって下さいました。題名はたしか、「火を貸した男」。ディレクターは北川信氏であったと思います。原稿料は――八千円だったか一万二千円か、そのへんでした。オン・エアの次の日、出社して、バレはしなかったかと、かなりビクビクしていましたが大丈夫でした。人気番組と聞いていたけど、たいしたことはないなと思って、ちょっとガッカリした覚えがあります。

以来、お小遣いが欲しくなると、スジを考え、もってゆきました。スキーにゆきたい一心で、冬場になると沢山書くようになりました。いってみれば季節労働者です。この頃の台本は、最初の一本も含め、全く残っておりません。

よもやこの職業であと二十年も食べることになろうとは夢にも思っておりませんでしたから、オン・エアが終ると台本は捨てていました。日記もつけず、数字年号日付が全くダメときていますから、どんなものを何本書いたかも記憶にありません。覚えているのは、あの日、プラスチックのカップで飲んだ薄いコーヒーの味ぐらいです。

あの時、今戸氏にご馳走にならなかったら、格別書くことが好きでもなかった私は、今頃、子供の大学入試に頭を抱える教育ママになっていたように思います。

歌の文句にある夢の花は、私の場合、まだまだ開いておりませんが、コーヒーの飲みすぎで夜型となり、夜中いつまでも起きていて騒ぐのが癖になりました。どうもあの歌がいけなかったようです。

年代は覚えていませんが、フラフープがはやっていました。「黄色いさくらんぼ」が街に流れていたような気がします。このすぐあと、皇太子が正田美智子さんと結婚されて我が家もテレビを買いました。安保は次の年でした。この頃の私の財産は健康と好奇心だけでありました。

喫茶店人生

小田島雄志

おだしま・ゆうし
1930年旧満州生まれ。英文学者、演劇評論家。シェイクスピアの戯曲を個人全訳。芸術選奨文部大臣賞（評論等部門）受賞。東京大学名誉教授、東京芸術劇場名誉館長、日本演劇協会理事などを歴任。おもな著作に『シェイクスピアより愛をこめて』など。

「授業のない日は、毎朝十時から渋谷の喫茶店で仕事をしています」と言って、けげんな顔をされたことがある。無理もない、その人はぼくが喫茶店でコーヒーをはこんだりコップを洗ったりする姿を思い浮かべたのだから。

喫茶店で「仕事」をした最初は、卒論を書いたときだから、もう四分の一世紀昔のことになる。火鉢しかない下宿の机にむかっていると、指先から頭の芯まで凍るようでペンが進まず、暖房喫茶の利用を思いついたのが、その後のぼくの「人生」を決定した。いま、週に三日大学に行き、ほとんど毎晩劇場から飲屋へというコースをたどっているが、計算してみるとわが家の次に長い時間をすごしているのは喫茶店ということになる。喫茶店人生というゆえんである。

もちろん、一軒の店で翻訳や雑文書きに集中できるのは一時間半から二時間、それ以上いると、てきめんに能率が落ちる。そこで三十分ほどパチンコなどしてから二軒目に飛びこむわけである。

だがこれには、むきふむきがあるようで、劇作家の別役実など、ぼくと同じ仕事場で悠々と仕事にいそしむ姿をよく見かけるが、同じ作家でも井上ひさしは、ぼくの推せんした仕事場を一日で放棄した。

「だってコーヒー一杯でねばってると申しわけない気がしてきましてね、二時間でコーヒー九杯おかわりしたら胃がおかしくなってしまったんですよ」

彼は、コーヒー代で実は時間と空間を買っているのだ、という真理を知らなかったのである。

喫茶店人生においても、さまざまな出会いがある。俳優座で渋い演技を見せてくれる袋正(ふくろただし)は、四分の一世紀前、新宿の「風月堂」でアルバイトしていて、学生であったぼくたちとよく閉店後飲みに行ったものである。銀座の「ムジュール」のママは、コーヒーのあと、こぶ茶などサーヴィスしてくれる人だが、そこで何分の一か訳したぼくの芝居が上演されると知って、ポスターをはってくれた。渋谷の「でんえん」で話しかけてきた学生は、のちに彼の大学で拙訳のシェイクスピアを演出している。

去年、こういうことがあった。

渋谷の「らんぶる」を出て数メートル行ったところで、あとを追ってきた人が、「すみません、これを読んでください」と言って紙片をおずおずと差し出した。そこには、徹夜で飲んでいて今朝「らんぶる」に入ったらコーヒー代がないことに気がついたので、いつもお見かけするあなたに無心する次第です、とあった。ぼくは五百円札と名刺を渡して、そのことは忘れてしまっていた。半年後、神奈川のある精神病院から手紙がきた、五百円を同封して。彼はアル中の治療に入院していたのである。しばらくして、東京新聞に彼の「アルコール中毒患者の発言」が、『宝石』に「アル中病棟入院の二〇〇日」が出ていた。

斎藤秀さん、その後お元気ですか？

喫茶店学

——キサテノロジー

井上ひさし

いのうえ・ひさし
1934年山形生まれ。作家、劇作家。浅草フランス座で文芸部兼進行係を務めた後、「ひょっこりひょうたん島」の台本を共同執筆する。84年に劇団「こまつ座」を結成。おもな著作に『手鎖心中』（直木賞）、『吉里吉里人』（読売文学賞、日本SF大賞）など。2004年に文化功労者、09年には日本藝術院賞・恩賜賞を受賞。2010年没。

そのころ、ぼくはコーヒーを、月にすくなくとも二〇〇杯は飲んでいた。そのころというのは昭和三五年から数年間のことで、当時、コーヒーの値段は一杯六〇円前後。したがって、月に一万二〇〇〇円ばかりの金を、あの黒褐色の液体のために投じていたわけである。

新橋駅の近くのガード下の映画館で、三ヵ月おくれの邦画が一本、三〇円で観ることのできた時代に、コーヒー代に一万二〇〇〇円もさくのは、かなり痛かったが、とにかく朝の八時半になると新橋田村町の喫茶店で、その日の一杯目のコーヒーを口の中に流し込みながら一日の仕事の手順をあれこれ思案し、そして、夜の一〇時すぎ、(今日も仕事が計画どおりには進捗しなかったわい)などとぶつくさぼやきながら、その日の六杯目か七杯目かのコーヒーを口に含む。これがそのころの日常だった。

朝早くから夜遅くまで喫茶店に籠っていたのは、コーヒーが好きだったからではむろんない。正直に言えばコーヒーは嫌いである。ブルーマウンテンがどうでございい、キリマンジャロがこうでございと、喫茶店の主人がいろいろと註釈を施してくれたけれども、こっちの舌には、水道の水のほうがずっと旨く感じられる。特に体調の整わない日など、コーヒーを六、七杯も飲むのはほんとうに重労働だった。

しかし、とにかくそのころのぼくは、その好きでもない液体をがぶ飲みする必要があった。なにしろそうしないと、仕事ができなかった。つまりコーヒー代の一万二〇〇〇円は部屋代ないしは場所代のつもりだったのである。

放送局のそばに心易い喫茶店を作っておくと様ざまな利点があった。

第一に、稼ぎもあまりなく、家を持つどころか二間や三間のアパートを借りる金もなかったぼくなどには、喫茶店の一隅が書斎として使えるからありがたかった。つぎに放送局が近いから仕事に便利である。そのつぎに、当時、放送は新しいなにものか、言ってみれば新しい風俗であり、その新風俗の一端に繋(つなが)って、ひらひらとそよいでいるのはなんとなく恰好(かっこう)いいように思え、したがって喫茶店で台本を書くのも好ましいことのように思われた、あるいはそう思い込んでいたのである。大げさに言えば、放送の青春と手前の青春がうまく重っていたわけだ。

「井上さん、NHKから電話ですよ」

レジ係の女の子が、声高(こわだか)に呼ぶ。店内の客たちの視線が一斉にフロントのガラスケースの上の電話に集中する。そこへ、僕が入って行く。そのときの晴れがましさ、おそらくスターがスポットライトの光の輪の中に入って行くときの気分もこんなものかもしれぬ、とまあそんなことが嬉(うれ)しかったのだから無邪気なものだ。

「はーい、井上です。あ、これはこれは、誰かと思えば何某(なんとか)ちゃん」

知らない人が傍で聞いていれば、ぼくの大げさな口調から、たとえば、この若者は一〇年間も音信の途絶えていた旧友から突然電話をもらったのだろう、と思うかもしれない。ところが、じつはその何某(なんとか)ちゃんとは前日にも逢(あ)っている放送局のディレクターなのだ。

「なにはともあれお早ようございます」

放送の世界も芸能界と同じく、たとえ深夜でも口火のコトバは「お早ようございます」である。そして別れるときは「おつかれさま」つまりこれは隠語のようなもの。自分の属する世界の隠語を得意気に撒(ま)き散らすのも青年にありがちな山ッ気というもので、いま、思えばなにやらほほえましい。

「朝のうちに台本を届けておいたけど、まあ、あんなもんでしょう。えっ、九坊が出られなくなった。スケジュールがだぶっていた。なるほど、坂本九は売れてますね。もっともいまが旬(しゅん)だからな」

このへんの会話(やりとり)(といっても相手が電話だから、こっちの独白大会のようなものだが)にも店内の客たちに対する計算がある。まず「九坊」と言っておいて、その「九坊」とは坂本九のことですよ、と種明しをし、全盛の坂本九とは「やあ、九坊」=「これは先生(せんせ)」づき合いしていることをほのめかしながら、突然、「坂本九は売れてますね。もっともいまが旬だからな」とつけ加えることによって、それほど親しい間柄でありながら、売れなくなったらこっちはポイと捨てるぞ、と冷たいところも見せているわけだ。

「……すると九坊の出ている個所は直さなくっちゃいけませんね。代役はだれです。飯田久彦（いいだひさひこ）？　ふーん、飯田久彦ねえ。まあ、いいでしょ。じゃ直しときます。ときに何某（なんとか）ちゃん、昨夜（ゆんべ）、四谷（エフヤ）の酒場（アーバ）で酔っ払って（ぱらよ）言い寄って（かけし）きた女の子（ナオンチャン）とあのあとどうなった。なんということもなく別れた。また嘘（ソーウ）つく。とにかくこりゃ飯（シーメ）もんだな。でないと奥さん（チャンカア）に……、冗談々々。ほんじゃね」

当人は粋（いき）がって放送界ではもっとも勢力のある隠語の楽隊用語（ドンババーコト）を知っているだけ総揚げしているのだが、これが東北訛（なまり）なのだから、粋などころか滑稽（こっけい）だ。もっとも当時のぼくには自己批判力は皆無で、かなりいい気分になって受話器を置き、席に戻る。つまりこんなことが生き甲斐だったので、その舞台として喫茶店が必要だったわけである。

そのほかにも喫茶店を仕事場にすると様ざまの便宜（べんぎ）があった。打合せにやってくるディレクターにいちいち自分でお茶を入れずにすむし、仕事をしながら有線放送で流行歌を憶（おぼ）えることもできる。腹が空（す）けばサンドイッチを頼めばいいし、原稿用紙や鉛筆を預けておけば鞄も不必要だし、なによりも喫茶店のウエイトレスと艶っぽい間柄に、あ、これは一度もなれなかった。

とは言っても、どんな喫茶店でも仕事場に向くとは限らない。まず、卓子の高さが問題になる。その卓子で、一日平均五〇枚の原稿をこなさねばならぬのだから、これはゆるがせにできないのだ。そして、できれば卓子の面積は広いのがよい。灰皿、原稿用紙、コーヒー・カップ、水の入ったコップ、すくなくともこの四種のものが同時に載る広さが必要である。でないと原稿を書くときは煙草がのめず、煙草をのむ間は原稿が書けないなどということになる。コーヒー・カップと水の入ったコップは、むしろ卓子の備品として考えるべきである。いくら卓子がせまいからといって、ウエイトレスにこの二種の器物を下げさせてはならぬ、というのが長い間の喫茶店ジプシー生活でぼくの得た智恵である。この二種の器物を下げさせると、喫茶店側の態度が、微かにだが、冷やかになる。おそらく、バーやクラブで露骨にホステスを口説く客がなんとなく嫌われるのと理由は同じだろう。原稿を書きに来たのであって、コーヒーを飲みに来たのではない、これをはっきりと示されると、なんとなくいやな気分になるらしいのだ。

ちかごろの喫茶店の卓子は、この観点からするとほとんど落第である。どこの卓子も低すぎる。その上、卓子の面積がせますぎる。もっとも喫茶店にしてみれば、これは余計なお世話というものだろう。原稿を書くお客を目当てに喫茶店を経営しようという店主がいたらかえっておかしなものだから。

さて、卓子の次に椅子を調べる。上等の椅子はすべて失格だ。とくにソファ風の、腰を下ろすと自然に背中が背凭れにくっつくような極上ものは問題外である。反りかえって原稿は書けぬ。

卓子と椅子の点検がすめば、店内面積を見る。手狭なのは論外だが、やたらに広いのも腹に力が入らない。茫乎たる宇宙空間に投げ出されたようで、原稿を書くどころではなくなる。

標準よりすこし広くて、凸所あり凹所あり、忍者寺とまでは行かなくても、つくりが複雑怪奇であれば理想的である。店内の照明は明るすぎてはいけない。店内に流れる音楽について言えば、有線放送を利用しているところが絶対によい。なにしろこっちは一日中、そこに居るのであるから、クラシック喫茶などを根城にしたらとんだことになる。あんな音楽を一日一二時間以上も聞いていたら、きっと頭の脳味噌が干上ってしまうにちがいない。

ところで最も重要な点検個所はウエイトレスである。若くて器量のいいウエイトレスの揃っている店はわれら喫茶店書斎派には最大の鬼門である。まず、こっちは彼女たちに見とれて仕事に身が入らないし、向うも仕事に身を入れていない。身の入らぬ同士が同じ屋根の下にいるのは不幸の因（もと）だ。

ぼくが田村町界隈をひらひらしていたころ、美人喫茶というやつが雨後の筍（たけのこ）のようにあちこちにできていたが、あの界隈についていえば、美人喫茶は銀座の高級バーやクラブの予備校だった。

（また、きれいな娘（こ）が入ったな）

と思っていると、三ヶ月も経たぬうちにきまって姿が見えなくなった。出世して銀座の女になったのである。

それはともかく、美人を集めることのできる経営者は敏腕家（やりて）である。そして彼は美人を集めることにも敏腕だが、客を集めることにも同じく有能である。つまり、彼の経営する店は客の回転が早い。そういう店に朝から晩までどでーんと居据わっているにはかなりの強心臓が必要だ。だから美人の揃っている店は避けた方がいい。

では、どんなウエイトレスの居る店がよいか。まず、人数は三人。ひとりはその店に五年ぐらい勤続していて二五、六。次が店の唯一の看板で店に居ついてようやく一年の二一、二。きれいはきれいだが正統派美人ではなく、どこか一ヵ所欠点のある娘。三番目がアルバイト、もっとも店の居心地がいいので一ヵ月のつもりがつい六ヵ月になってしまったというような女の子。こういう構成の店がぼくの経験では、仕事場として最適である。その上、中年の内気な主人がカウンターの中でコーヒーを沸(わか)し、その奥さんが陽気な人で、レジをやっているというような店であればもういうことはない。

なお、表通りに面した店も避けた方がよろしい。表通りから横丁に入って、同じ規模の喫茶店が三、四軒並んでいる前を通りすぎ、さらにもうひとつ右か左に曲ると、ぽつんと一軒、古い造作の、結構、奥行きのありそうな店があり、ドアを押すと、「いらっしゃい」と声を掛けるのは、ちょっと中年肥りした小母さん。金ができるたびに継ぎ足したのか、もとは普通の家屋だったのか、一段高い床(フロア)があったと思うと、途中からまた一段低くなり、あちらに凸所、こちらに凹所。カウンターではウエイトレスが三人、なにがおかしいのかクスクスと笑って居、カウンターの中から小父さんが三人に、「おい、おい、お客さんだよ」と注意するが、まだ笑い声は熄まぬ。有線放送からはちあきなおみの『夜間飛行』が流れており、それを聞きながらさらに奥へ進むと、レジからもカウンターからも死角になっている隅に、ちょっとがたつく年数を経た二人用の木製の高い卓子に、簡易食堂でよくお目にかかるような固い椅子……。

たとえば、このような店があったとしたら、そここそは神の授けたもうた地上最良の仕事場である。そんな店へ毎日出かけて行き、こつこつと小説を書き、一〇枚書くごとに、近くを散歩したり本を読んだりして、暮すことができたらどんなにかいいだろう。

じつはぼくが放送の仕事を始めたころ、新橋の田村町に、いま申し上げたような理想的な喫茶店があったのです。しかもなお理想的なことに、そこには中二階があり、その隅の席がレジからもカウンターからも見えず、そこに坐るとまことに仕事のはかが行く。そこでぼくはその店を根城にきめたのだが、ぼくら放送ライターが居着くと、その喫茶店は一時大いに繁昌することになっている。まず、前に述べたように、コーヒー代だけで一日四〇〇円の売上げがある。こっちは朝から晩までコーヒーばかり飲んでいるわけには行かぬから、ジュースにミルクセーキ各一杯ずつ、それにサンドイッチを一皿か二皿はきっと注文する。これだけでコーヒー代の四〇〇円と合せて七〇〇〇円にはなる。

さらに打合せにディレクターが入れかわり立ちかわりやってくる。そのあたりから、ぼくの筆は遅く、台本が書き上ると、印刷所へ入れる前に、その場でキャスティングや音楽打合せをしなければ間に合わない。つまり、ぼくとディレクターの居る中二階に、NHKの一部が移転したようなもの、各劇団のマネージャーが来る、作曲家が立ち寄る、美術デザイナーがつめかける。この売上げが大きいのだ。

そうなると、小母さんも三人のウエイトレスもぼくを特別扱い。

「あたしたち、ラーメンをとるんだけど、井上さんのも一緒にとってあげようか」

と勤続三年のお姉さん株のウエイトレスがくる。

「ぼくはいいですよ。この店のサンドイッチをもうすこししたら注文しますから」

「およしなさいよ。うちのサンドイッチは一二〇円もするのよ。ところがラーメンは五〇円……」

「店に悪いから、ぼくはいいです」

「悪くないわよ。小父(マスター)さんがそうしなさいって言っているんだから……」

ラーメンを食べていると、勤続一年の看板ウエイトレスが、リンゴかなんかを持ってくる。

「小母さんがお食べなさいって」

三時ごろになるとアルバイトのウエイトレスが、盆に番茶とおかきをのせて現われ、

「コーヒーばかりじゃ飽(あ)きるでしょう。小父さんが、これをどうぞって」

と、卓子の上に置く。向いの席のサラリーマンがこっちを見て、

「あ、おれたちもその方がいいや。ここ四人とも、番茶におかき。コーヒーは取り消しだ」

「だめなんです」

「なにがだめなんだ」

「こちらのお客さんは特別なんですから」

「ちぇっ、差をつけるんだな。しょうがねえや。コーヒーでいい」

仕事が閉店時間の一〇時までに終らないこともしばしばある。(別の店を探さな

くちゃいけないかな……）と考えながら鉛筆を走らせていると、小母さんが中二階に上ってくる。

「お勘定だけいただきたいんです。レジをしめますから」

「すみません。ぼくももう出ます」

ぼくは二枚の伝票にお金を添えて小母さんに手渡す。朝からいろんなものを注文するので、一枚の伝票では間に合わず、たいてい二枚にまたがってしまうのである。

「店でそのままずーっと仕事をなさっていていいんですよ。その原稿、明日の朝の六時に印刷所へ入れないと、明日の本読(ほんよみ)に間に合わないんでしょう」

ぼくが出入りするようになってから、小母さんはＮＨＫのことにばかに詳(くわ)しくなったのだ。門前の小僧の、つまりは小母さん版。

「わたしと主人は間もなく帰りますから、戸締りと火の用心だけは、しっかりお願いしますね」

「でも、それじゃあ――」

「いいえ、いいんです。お帰りになるときは鍵を入口の植木鉢の下に入れておいてくださいね」

というようなわけで、ぼくは一週間にすくなくとも一度はその店で徹夜をした。だが、向うも仕合せ、こっちも幸福という時代は、じつはここまでである。馴れ合いがすぎると、やがてすこしずつ崩壊が始まる。これに最初に気付くのは他の客だ。同じ質で同じ量のコーヒーにだれもが同じ六〇円を投じているのに、ある客だけが大事に扱われ、他の客たちは軽んじられる。なぜこのような不平等が許されるのか。とにかくこのままではいけない。革命を起そう。世直しをしよう、ということには喫茶店の場合はならない。客はこの不平等な店を見限って、別の店を探しに行く。ぼくが引っぱってきた客の数とは較べものにならないほど大勢の固定客たちがぱったりと寄りつかなくなる。

その店の場合は、他にも理由があったけれども間もなくつぶれてしまった。山元護久氏と二人で『ひょっこりひょうたん島』を書いていたころは、五年間に二人で田村町界隈の喫茶店を少くとも五軒はつぶしたのではないかと思う。ぼくひとりでさえ喫茶店の雰囲気ががらりと変ってしまうのに、これが二人なのだから、もう駄目である。

最初の一週間は変った客と思われる。二週目はぼくらがナントカという喫茶店を新しい根城にしたそうだから行ってみよう、とディレクターたちがやってくる。店はその気配から「あの二人があの『ひょっこりひょうたん島』を書いているらしい」と気がつき、急にサービスを向上させ始める。向上させるといっても入るときと出るときの二回、にっこりしてみせるぐらいであるが。三週目あたりから、ディレクターたちも腰を落ちつけ始める。関係者が出入りし始める。売り上げが目に見えてよくなって行く。四週目から一〇週目あたりまでが、ぼくらと喫茶店側の蜜月時代である。一一週目あたり、店側はこのごろかつてよくきてくれていた固定客の足がなんとなく遠のいているのではないかということを感じ始める。一二週目のある日、店の女の子が休憩時間に外のラーメン屋で、かつてよくきた固定客とばったり出逢う。そして短い会話。

「このごろ来ないわね」

「ああ、なんだか騒々しくて感じ悪いからだよ」

店へ戻った女の子はマスターに報告する。

「このごろ、うちの店の感じがとても悪いそうよ」

ここでマスターが何も気付かぬようであれば、その店は二七週目あたりにはすっかり荒廃し、三六週目あたりには、他人の名義になってしまう。一方、わかっているマスターは、そのひとことですべてを見抜き、一三週目の最初の日あたりにぼくらにこう切り出す。

「ほかの店へ移ってくれませんか」

ときには、わざと意地悪をしてこっちを怒らせて、体よく厄介払いをしてしまう。不思議なことに、一三週目あたりで、ぼくらに対する態度を変えてくるのは例外なく、韓国か中国の人の経営する店だった。ひょっとするとこの種の馴れ合いはわれわれ日本人の一八番なのかもしれない。

可否茶館

内田百閒

うちだ・ひやっけん
1889年岡山生まれ。小説家、随筆家。夏目漱石に師事。おもな著作に『冥途』『百鬼園随筆』など。鉄道愛好家としても知られ、『阿房列車』を著すほか、愛猫家としても知られ、飼い猫ノラを描いた『ノラや』は、現在も多くの読者を持つ。1971年没。

午後遅く用事があつて明治製菓の本社へ出かけた。直ぐにすんで帰りかけて見ると、腹がへつてゐる。尤も午後はいつでも空腹であつてその日に限つた事ではない。午飯をたべないのだから当り前である。日本郵船の自分の部屋にじつとしてゐればその儘(まま)無事にすんで独りでに夕方になるのだが、出歩くといろんな物が目についたり、にほつて来たりする。明治本社の玄関を這入(はい)つてエレヴエターに乗る前に片側の喫茶室を横目で見たかも知れない。
　しかし帰りにはその前を素通りして表に出た。すぐ帰る気はしないが、それならどうすると云ふ分別もない。広い歩道をぶらぶら行つて町角に靴磨きがゐたから靴を磨かせた。片足を台に載せて一服した。さう思つて行つたわけではないけれど、そこは明治別館の喫茶館の角である。珈琲の香がにほつて来る様でもあり、それは気の所為（せい）だとも思はれる。私は明治二十一年四月版の「可否茶館（カピー）広告」と云ふ小冊子を持つてゐる。但しその翻刻版である。

　而〆（シカウシテ）調進スル所ノ珈琲湯ニ至テハ、意ヲ焙磨（ホウジヒキカタ）ニ注シテ専ラ香芬ヲ重ンジ、糖霜（サタウ）ノ加減、乳湩（チチ）ノ添退（カゲン）ハ、各個御適度ノ命ニ従ヒ、

こんな事が書いてある。勿論暗記してゐたわけではない。靴を磨かせながらおぼろげに思ひ出した事を、後でここに書き入れた迄である。靴磨きを終はつて歩き出した。帰つて行く方には足が向かないで、たつた今ぶらぶら来た所を逆に戻つた。自然に別館の喫茶館の前に立つた。矢つ張りさつきにほつたのは本当のにほひである。這入らうと思つて顔を上げて見ると中には人が一ぱいゐる。それで止めて片づかない気持の儘ふらりふらりと歩いてゐたら、又本社の玄関から這入つてしまつ

た。思ひ切つて片側の喫茶室の扉を開けた。ここには一二度這入つた事があるから気がらくである。席に著(つ)く前に起(た)つたなりで女の子に珈琲とお菓子をくれと云つたら、ここは珈琲だけだから、それでしたら別館へ行けと教へてくれた。

是非共お菓子をたべようと思つたわけではないが、ことわられた途端に必ず食はうと云ふ意地が出た。今度は迷ふ事なく玄関を出て別館の闥(たつ)を排(はい)した。矢つ張り一ぱいに人が詰まつてゐるが一ケ所に椅子があいてゐたから腰を下ろした。通り掛かつた女の子に、お菓子と珈琲をくれと云つたが通じない。もう一度云ひ直してもまだ解らない。何かこちらで間違つてゐるのか知らと思つた。ケーキに珈琲でよろしいんですかと女の子が片づける様に云つた。さう云へば壁に貼つた書出しにもケーキと書いてある。

この別館が落成した当時明治の甘木君が案内すると云つたのをことわつた事を思ひ出した。それから何年も過ぎてゐる。今日初めて這入つて見ると、庭があつて池があつて夏向きの景色である。前掲の「可否茶館広告」に、庭園ノ儀ハ、従前荒廃ノ余リ、其木石等乍(ニハカ)ニ修整シ難ク、一ノ観ル可キモノ無シト雖モ、二百余坪ノ平地ハ室ノ左右ニ環亘〆、聊カ散歩吹烟、携手談心スルニ足リ、と云ふ文句があるが五十余年後の今日、明治別館の前庭にもこれからの時候では散歩吹烟、携手談心する客を見る事であらう。

可否茶館は本邦珈琲店の開祖なのださうである。広告はその開店に当たつて発行したものであつて、末尾は次の様に結んである。

今草創ノ際、幸ニ諸彦ノ愛顧ヲ辱ウシ、日就月将、以テ漸ク盛大ニ赴カハ、遠カラスシテ仏蘭西ノ昔ノ如ク、貴顕英邁ノ光臨有ラン事、疑ヲ容レサル所ナリ、而〆其盛大ニ赴クト否ラサルトハ専ラ諸彦ノ愛顧ヲ請ヒ、館主一碗ノ清味ヲ可否品評シ賜フヨリ始マル、故ニ館主ハ但タ自ラ工夫ヲ凝ラシ、勉テ尊客ノ御便利ニ注意セン耳。

但

カヒー　一碗　代価　金壱銭五厘

同牛乳入　一碗　代価　金弐銭

下谷区上野西黒門弐番地

元御成道警察署南隣

明治二十一年四月吉辰　可否茶館主人　敬白

ケーキと珈琲を持つて来たので瞬く間に頬張り飲み干した。私には甘過ぎて閉口したがそれは腹に入れてから後の感想である。お蔭でもう何も欲しくない。さつさと郵船の部屋へ帰つて来た。

カフェー ● 勝本清一郎

かつもと・せいいちろう
1899年東京生まれ。文芸評論家。慶應義塾大学文学部を卒業し、プロレタリア文学や演劇の運動に関わった。俳人・小説家の高浜虚子に弟子入りし、『ホトトギス』に作品を発表した。日本ペンクラブ創立に参加し常任理事を務めた。著作に『前衛の文学』『日本文学の世界的位置』『近代文学ノート』『こころの遠近』など。1967年没。

文学や美術とカフェーとの交渉の日本におけるいちばん古いところは、明治二十一年四月、東京下谷区上野西黒門町二番地、元御成道警察署南隣に可否茶館（かひいさかん）が初めてできたとき、硯友社のまだ若かった作家たちが出入りした話からである。この可否茶館が日本におけるカフェーの最初であるからこれより古いという交渉はない。江戸時代の水茶屋まで範囲に入れるとすれば司馬江漢の銅版画「両国橋」に両国河岸のよしず張りの水茶屋の情景、春信のにしき絵に笠森稲荷茶店の図、政信の墨刷りにしがらき茶店の図その他があり、春信の作品は後の邦枝完二の小説「おせん」や小村雲岱の版画の素材になっている。

しかし水茶屋の系統は別としよう。これに似たものはいまでもエジプトやトルコへゆくと、やはり道ばたの茶店のような構えで、柄のついたパイプ型真鍮(しんちゅう)製の小容器でコーヒーを濃く煮ている光景にぶつかるが、そういうコーヒーの飲みかたは日本に伝わらなかった。日本のコーヒー、コーヒー店も西欧系である。

硯友社の機関誌「我楽多文庫」の公刊第一号(明治二十一年五月)に「下谷西黒門町可否茶館告条」という石橋思案の一文が出ており、それに開業したばかりの可否茶館をさして「西洋御待合所」とうたってある。

この「我楽多文庫」が「文庫」と改題されてからの第十九号(明治二十二年四月)には川上眉山の「黄菊白菊」という小説の第五回が出ていて、そこに可否茶館の場をとらえた文章とその場を描いたさし絵がある。画中の文字は紅葉の筆跡である。

この文章と絵が日本の文芸・美術に日本のカフェーが登場した最初である。絵を見ると驚くことに和服の女学生が非常に長いはおりを着て、洋ぐつをはいている。男の長いはおりは江戸時代の天明年間に流行して、清長の絵に残っているが、外とうのように長い女のはおりというものは、茶ばおり流行のいまの日本人の記憶にはもうない。文章はこんな文体である。

「敬三は下谷の可否茶館に。そゞろあるきの足休めして。安楽椅子（イーヂーチエヤー）に腰の疲を慰め。一碗の珈琲（コーフヒー）に。お客様の役目をすまして。新聞雑誌気に向いた所ばかり読ちらして余念と苦労は露ほどもなかりし。隣のテーブルには束髪の娘二人」

石橋思案の「告条」には「茶ばかり飲むも至つて御愛嬌の薄き物と存じトランプ、クリケット、碁将棋、其外内外の新誌は手の届き候丈け相集め申置候」とか「文房室には筆硯小説等備へつけ、また化粧室と申す小意気な別室をもしつらへ置候へば其処にて沢山御めかし被下度候」とかある。クリケットという遊びは私の小学生時代、慶応義塾幼稚舎ではまだ行なわれていた。

可否茶館の開業にさいしては「可否茶館広告、附、世界茶館事情」というパンフレットが配布された。それによると、パリのカフェーの元祖はサンゼルマン街にアルメニア人パスカルの開業したもので、一七八五年版ジュラウルの「巴里名所記」

にそのことが出ているよしである。

なお茶館という名称からもわかるとおり、中国茶館の系統も引いている。主人は長崎生まれの鄭永慶という人で、石橋思案も長崎生まれだったことから硯友社の面々が後援した。思案はこの可否茶館を会場にして東京金蘭会と称する男女交際会の会合をしばしば催した。その会では当時の帝大生たちが流行の清楽合奏などしたが、主宰者の思案もまだ二十歳代の学生だった。

可否茶館は二階建ての洋館で庭も二百坪ほどあった。二階の席料が一人一銭五厘、階下は広間で無料。コーヒーのねだんは牛乳を入れないのが一杯一銭五厘、入れたのが二銭、菓子付きで三銭。酒類はベルモット二銭五厘、ブランディー三銭、ぶどう酒二銭七厘、ビールがストックビール小びん十五銭。たばこは鹿印二十本二銭……。いまではこれらのねだんはすべて五千倍を越えている。

ただし可否茶館は客がきわめて少なく、いついってもすいていたよしで、まもなく廃業した。したがって初期カフェー文学は、文明開化思潮の中でハイカラ風俗小説を目ざしていた初期硯友社の作家たちによってもそれきり発展せずに終わった。

＊

明治二十三年一月、森鷗外は有名な「舞姫」を発表。この中に主人公太田豊太郎がベルリンで、生活の資のために日本の新聞社の通信員となり、カフェーに新聞紙を読みにかよう個所がある。「余はキヨオニヒ街の間口せまく奥行のみいと長き休息所に赴き、あらゆる新聞を読み、鉛筆取り出で〻彼此と材料を集む。」

キヨオニヒ街とはいま普通に書けば西ベルリン区域のケーニッヒ街二十二、四番地、間口がせまく奥行きが長い休息所というのはグンペルトといった古いカフェーで、わたしもしばしば訪れたことがあるが、ガラス天井の室の壁ぎわにはヨーロッパじゅうの新聞紙が掛けられてあった。

「舞姫」よりのちに発表されたが、執筆はそれにさきだち、鷗外の処女作だった「うたかたの記」にもドイツ・ミュンヘン市の美術学校前のカッフエ・ミネルワの場がある。それは実際の名で、鷗外はここの常連の芸術家仲間のうちに日本人画家原田直次郎を見出したのである。ほかにカッフエ・ロリアンなどという名も出てくる。

鷗外はミネルワの仲間という語を使ったが、十九世紀末から二十世紀はじめにかけては各種の芸術運動がパリやミュンヘンやベルリンで、カフェーでの集まりから出発した例が多い。

いまルーブルにあるルノアールのけんらんたる大作「ムーラン・ド・ギャレット」も、野天のダンス場の景だがカフェーの延長線だ。プッチーニ作曲の歌劇「ラ・ボエーム」第二幕のパリのカフェーのテラスの場も有名で、音楽も情景もかれんで写実的に美しい。

この歌劇が大正年間日本で初演されたときに、人もあろうに大田黒元雄が雪の降っている晩に戸外でストーブをたきコーヒーを飲んでいる光景は、歌劇の荒唐無稽さだが、と解説したことがある。荒唐無稽どころかパリへいってみればそれが写実なのであって、大正年間になっても、いかに日本でパリのカフェーの実際が知られていなかったかを示す例である。

明治末期から大正初期にかけて若き日の木下杢太郎、吉井勇、北原白秋、高村光太郎、木村荘八、長田秀雄、谷崎潤一郎たちパンの会の連中が、会場にカフェーらしい家を捜すのにどんなに難儀したか。

両国橋畔の第一やまと、永代橋ぎわの永代亭、大伝馬町の三州屋、鳥料理都川、小網町のメエゾン・コオノス。西洋料理屋といっても牛なべ屋にちかく、コオノスがいちばんフランスのカフェーの感じだった。

　主人に画心があって鴻巣山人とサインした版画をわたしは持つ。五色の酒を作って客に出したのもここの主人だ。この線がやがて銀座のプランタンへいく。プランタンの主人は本職の洋画家だった。しかしパンの会の歴史は結局、フランス系のカフェーを捜して得られなかった歴史である。

　なお鷗外のドイツ日記にはまだたくさんカフェーの名がある。中央骨喜堂、ウェル骨喜堂、大陸骨喜店、国民骨喜店、クレップス氏珈琲店、シルレル骨喜店、ヨスチイ骨喜店、骨喜店はカフェーのあて字。

　明治十九年二月二十日の条には「伯林には青楼なし。故に珈琲店は娼婦の巣窟と為り、甚しきに至りては十字街頭客を招き色をひさげり」と書き、さらにクレップス氏珈琲店の個所には「美人多し。云ふ売笑婦なりと」ともある。

　このクレップスはベルリンのノイエ・ウィルヘルム街にあってもっぱら日本人相手の店だった。鷗外は漢字に訳して蟹屋（かに）と書いたこともある。わたしが後年いったころにはこれに類する家はビクトリア・ルイゼ広場にあって比丘（びく）と略称されていた。もちろん尼さんスタイルでサービスしたわけではない。ゲイシャというカフェーもあった。

鷗外留学時代に始まるこの蟹屋、比丘、ゲイシャの線が大正期に盛った日本のカフェーの型の元である。だからそれは必ずしも大阪から東京への流れだけではない。この型の世界から荷風の「つゆのあとさき」のような傑作が生まれているのは、荷風がもう一つの意味でも鷗外のでしだったことを語る。それにしても、あれほどフランス好きでドイツと日本のことならなんでも悪口のタネにした荷風が、銀座のカフェーがドイツ流だったことに気がつかなかったのははなはだ愉快である。いまの洞窟喫茶、深夜喫茶もまたドイツ系である。

懐かしの喫茶店

東海林さだお

しょうじ・さだお
1937年東京生まれ。漫画家、エッセイスト。『新漫画文学全集』『タンマ君』で文藝春秋漫画賞受賞。講談社エッセイ賞受賞の『ブタの丸かじり』をはじめとする「丸かじりシリーズ」が大人気。その他おもな著作・漫画作品に『アサッテ君』『花がないのに花見かな』など。

〝タバスコの時代〟というのがあった。
かつてあった。
〝ウエハースの時代〟というものもあった。
確かにあった。
〝粉チーズの時代〟というのもあった。

細長い筒状の容器に入っていて、ポイポイと振りかけて使ったのだった。

この三つの〝時代〟は、一つの共通項でくくることができる。

喫茶店である。

いまの喫茶店ではなく、昭和三十年代から五十年代にかけての喫茶店。

当時は喫茶店の全盛時代で、特に学生街は喫茶店だらけだった。

いろんな用途の喫茶店があって、クラシック音楽を鑑賞するためのクラシック喫茶、同様のジャズ喫茶、客が全員で合唱する歌声喫茶、軽い食べ物もある軽食喫茶、そして、そういう不純な喫茶じゃなくて、ウチはコーヒーで勝負してますという店は純喫茶を名乗った。

タバスコ、ウエハース、粉チーズは軽食喫茶には無くてはならないものだったのだ。

軽食喫茶は、スパゲティ、カレーライス、ピラフなどが主力メニューだった。

当時は、そのスパゲティにタバスコをかけて食べるのが粋、ということになっていた。

かけない奴は野暮という時代だった。

タバスコ田舎に無し東京にあり、という構造で考えてもらってもいい。

すなわち、田舎もんタバスコを知らず、という時代背景であった。

こういう話は武田鉄矢氏に語ってもらうとイキイキとよみがえる。

「出にくいケチャップだなあ、と思っていっぱいかけてしまって食べられなくなったんだけど、当時はお金が無くてもったいないから無理して食べた」

「友だちといっしょに喫茶店に入って、ビチャビチャかけていたら、それ、すごく辛いよって言われて、オレ辛いの好きなんだよって言って泣きながら食べた」

ぼくも最初は〝スパゲティにタバスコ〟を知らなかったが、知ってからは、田舎から出てきたばかりの友人を選んで喫茶店につれて行き、タバスコをかけ、友人が、

「ナンダベ、ソレ?」

と目を丸くしているのを見ては得意になっていたものだった。

スパゲティにかけるものがもう一つあった。

それが粉チーズである。

スパゲティにはタバスコと粉チーズ、というのが当時の決まりだった。

一体何だったんでしょうね、あの決まりは。

スパゲティを注文した客の全員が、誰一人としてこの決まりを破らずに食べている光景を想像してください。

タバスコはこのあと、ちょっと間をおいて軽食喫茶のメニューに出現したピザにもかけるのが決まりになっていた。

この決まりもだんだんすたれていって、いまピザにタバスコをかける人は減っていると思う。

いろんな人に言い寄っては嫌われている人のようで、ちょっと不憫な気がしないでもない。

しかしタバスコファンは世の中にたくさんいるようで、スーパーの棚にも必ずある。グリーンのタバスコというものもあって、こうしたタバスコたちは、どういう人たちが買っていってどういうものにかけて食べているのだろうか。

やはり同時代、喫茶店でアイスクリームを注文するとウエハースというものがついてくるのが決まりだった。

ウエハースもまた〝ナンダベもの〟であった。

ぼくの喫茶歴史の途中から登場するようになった。

初めてウエハースを見たとき、友人と二人で武田鉄矢状態になった。

どうするものなのか、全く見当がつかなかった。

「これでアイスクリームほじるだべか」

「いや、それでは折れてしまう。この上にアイスをのせて食うものでねーだか」

「そーだべ、そーだべ」

というような会話が交わされ、スプーンでアイスをほじってはウエハースの上にのせて食べた。

この〝のせる時代〟はけっこう長く続いた。

そのうち、

「アイスで冷えた口をひと休みさせるために、ときどきそのままかじるもんだと」

ということになっていったのだが、そのうちこのアイスにウエハースの決まりもすたれていった。

ああいう決まりは誰が言い出し、どのように定着していき、どういう理由ですたれていくものなのだろう。

いま昔のようなスタイルの喫茶店は少ない。

つい十年ぐらい前までは昔風の喫茶店が街のあちこちにあって、サラリーマンは昼食のあと必ずと言っていいほど喫茶店に寄ってから会社に戻ったものだった。

牛丼二八〇円がもてはやされる厳しい時代、いま昔風の喫茶店があってもそこに寄る余裕のある人は少ないはずだ。

シュガーポットに砂糖が入っていて、女性といっしょに喫茶店に入ると、それほど親しくなくても「おいくつ？」と訊いてくれ、「三つ」などと答え、熱いコーヒーカップにポチャポチャと三杯入れてもらっていた時代、ナツカシーナー。

芝公園から銀座へ

佐藤春夫

さとう・はるお
1892年和歌山生まれ。詩人、小説家、評論家。おもな著作に『殉情詩集』『田園の憂鬱』『都会の憂鬱』『退屈読本』など。1960年文化勲章受賞。1964年没。

そのころ、銀座の時事新報社前、今の交詢社の向こう側にパウリスタというブラジルコーヒーをのませるカフェーができていた。また、それと相前後して金春(こんぱる)通りにはプランタンというもっと高級な会員組織のがあって、画家文人のほかに新橋の美妓なども出入りしていたらしい。どちらもカフェーの草分けであったろう。

三田でも上級生たちは臨時会員とでもいうのか時々はプランタンへも出かけた様

子だが我々は専らパウリスタ組であった。

プランタンでは荷風散人が愛妓と喋喋喃喃のところを、旧友の豪傑押川春浪につかまって、そのざまで教育家かとか何とか文句をつけられて危く鉄拳のお見舞いの飛ぼうとするところを、す早く妓を擁して虎口を脱して妓の家へ退散した。春浪の口惜しがること、口惜しがること。おん大はさすがにあっぱれの退陣ぶりであった。という話なども上級生の間では囁き交わされた事は荷風の日記にもある。

学校で相手がつかまると別に相談するまでもなく、足は自然と先ず芝公園に向かった。そのころの芝公園は、まことに公園らしく閑静に趣のふかい土地で、今の東京タワーの西あたりにあった池の藤などは実に美しく、われわれは時を忘れてその下にいた。公園のどこかで一休みすると、我々の足は申し合わせたように一斉に自然と新橋の方面に向かい、駅の待合室で一休みしつつ旅客たちを眺めたのち「パウリスタ」に行ってコーヒー一杯にドーナツでいつまでも雑談に時をうつしていると、学校の仲間が追々とふえて来る。みな正規の授業をすました上級生たちである。後年パリでエッチングの名家となった長谷川潔の、若い美しい妓とさし向かいで人目につかぬ片隅に居るのを見かけたこともあった。芝公園を出て新橋駅待合室経由パウリスタというのが我々の定期行路となっていた。

時々は更に長駆してパウリスタから上野、浅草方面へまでのすこともあった。もとよりすべて歩くのであった。予算の関係もあり電車などには乗れないのである。わたくしもむかしは健脚であった。そうして東京もむかしはよい都市であった。小路も大路も三人横隊で濶歩するだけのゆとりが街にあった。こう書きながらもそぞろに昔はよかったと思うのも老人のせいばかりではあるまい。

且つはテクリ、且つはダベルほどに、いつしか上野へも浅草へも来てしまっているのである。尤も途上で休みたくなれば三越の休憩室へ行けば、お茶もくれるし、ビスケットも好きなだけ食べられる。犬にくれるようなぬかくさい白土のまじったものとは違う。時々はこの恩恵をも蒙ったが、嚢中自ら銭のある場合には、食堂のお客にもなった。ここにはお菊さんといってピエル・ロチの女主人公のような名でボッチェリーの絵のようなあえかなる少女がいて、余人は知らず、以てわが眼を大いに慰めるには足りた。

この佳人は下谷黒門町の陋巷（ろうこう）の人であったが、その後ニューヨークだかの万国博覧会日本館のお茶汲み少女に選ばれて新大陸に渡ったと聞いたきり、後の消息は杳として知らない。これだけ詳しく知っているのは、おせっかい男がいてわたくしのために調べてくれたからである。

お菊さんの家の近くというのが恋しかったわけでもないが、大通りの向こう側にあった堂々たるおしる粉屋で休息したことも度々あった。これは堀口が発議で、財布をはたいてくれたようにおぼえている。勝ちゃんは渋い顔をしていつもお雑煮を平らげていた。

毎日よく飽きもせずこんな事ばかりしていて末はドウナツことやらとパウリスタでこんな駄じゃれで歎息したのは誰であったやら。

東京らしい喫茶店

南千住『カフェ・バッハ』● 木村衣有子

きむら・ゆうこ
1975年栃木生まれ。文筆家。食文化や書評ジャンルを中心に、『BOOKSのんべえ』『味見したい本』、リトルプレス『私的コーヒーAtoZ』『底にタッチするまでが私の時間』など、著作多数。

ああ、喫茶店に行きたい、強くそう思うのは決まって旅先で、そこには好きなように使えるコーヒー道具も、そもそも台所もないからだ。

東京で、うちでコーヒーを飲もうというときは、まずは立ち上がり、豆の入っている瓶を開け、お湯を沸かすためにやかんを手に取って、と、コーヒーを淹れることが日常に組み込まれてからというもの、東京喫茶店事情にはだんだんと疎くなってきている。

それでも、東京にやってきた旅人がもしコーヒーに飢えていたら、気の利いた喫茶店に案内してあげたいな、と、やはり自分を重ねて思うわけで。

そして旅人には、少しでも「東京らしさ」に触れてもらいたい。

コーヒーとドイツ菓子のおいしい店『カフェ・バッハ』に向かう。

一昔前までの、日雇い労働者の街としての色は年々薄まり、バックパッカーがゲストハウスを目指して歩く姿が目立つ、山谷と呼ばれる街に『バッハ』はある。元は食堂だったそうで、コーヒーを柱にしてからはもう五〇年近く経っているという。私がここにはじめて来てからはずいぶん時が流れた。でも、そのときも今も、古めかしいなあという感想を抱いたことはない。

『バッハ』の正面からは、スカイツリーの姿が上から下までばっちり、くっきり見える。倒れてきたら危ないな、と、怯えてしまうくらい近く感じられる。実際には直線距離でも二キロメートル弱は離れているので杞憂なのだが。

ここは都心とはいえないけれど、東京の端っこがたしかに動き、変わりつつある「今」が見える場所だと思う。東京から遠く離れた土地に暮らしている人に、この、都の、ざわざわと落ち着かない風景の中にいっときでも身を置いてもらいたい。そういう風に考えるのは、私が東京の生まれではないせいかもしれない。故郷ではないから、変わらずにあってほしいと願うこともなく、観察者の、醒めた目で、うねり動く東京の姿を眺めている。

もちろん「東京らしさ」は一面だけじゃない。「折り目正しさ」も、東京らしさのひとつだと思う。『バッハ』には、それもある。

お冷やを出すときも、コーヒーを淹れるときも、緑色が基調となった制服を着たスタッフは、いつでも、きびきびと立ち働いている。この店でコーヒーの淹れかたやコーヒー豆の焙煎の技術を身に付け、自分の店を持ったという人も少なくない。だからといって、道場でコーヒーを飲んでいるような窮屈な気持にはさせられない。コーヒーマニアに熱く支持される店でありながら、大衆喫茶でもある、というところが『バッハ』の素晴らしさ。とりわけ平日には、ご近所さんと思しきお年寄りがコーヒーをお代わりしてひとりでゆっくり過ごしていたり、おじさんふたりが図面を広げて仕事の打ち合わせをしていたりと、街の喫茶店らしく、茶の間であり、応接間であるという役割を果たしている。そんな人たちと隣り合っていると、自分が属しているものとは異なる世間にちょっとでも触れたようで、気持ちがふと軽くなる。これはコーヒーの味わいとはまた別物の、喫茶店の効用か。

〈コーヒー道〉のウラおもて ● 安岡章太郎

やすおか・しょうたろう
1920年高知生まれ。小説家。吉行淳之介らと共に「第三の新人」と目され、53年に「陰気な愉しみ」「悪い仲間」で芥川賞を受賞。59年『海辺の光景』で芸術選奨と野間文芸賞、82年『流離譚』で日本文学大賞、91年『伯父の墓地』で川端康成文学賞受賞。2013年没。

獅子文六氏に「可否道」という滑稽小説がある。つまり茶道に対するにコーヒー道というものを持ち出して、戦後の表面だけは西洋風に変ったものの、中身は少しも戦前と変らぬ近代の日本人を諷刺したものだ。

私たちの生活様式や風俗の混乱は、何も戦後にはじまったことではなく、明治維新以来、西洋文明を急速に大幅に取入れてからというもの、ずっと続いて今日にいたっているわけで、その滑稽さやトンチンカンぶりも何もコーヒーだけにはかぎらない。言ってみれば、われわれを取りまくあらゆるものが、みな滑稽なのであり、混乱は日本国中いたるところに見られるものである。ただ、生れたときからそういうトンチンカンの中で育って来た私たちは、ふだんは別に、おかしいとも、不思議だとも思わずに、そういうヘンテコな風俗の中でくらしている。そして、ときどき「コーヒー道」などと言われると、身の廻りを振りかえって、ひとごとみたいに吹き出したりするのである。

そういえば戦前、池袋の方に「コーヒー道場」という看板をかけた喫茶店が本当にあった。……戦争がだんだん激しくなって、経済統制がきびしくなり、うまいコーヒーを飲ませる店など、ほとんどなくなったころ、怠惰な学生だった私たちは、何かウマいものにありつけそうだという評判をきくと、学校など平気でサボって駈けつけたものだ。「コーヒー道場」のことも、誰にきいたかは忘れてしまったが、とにかく話をきくと、すぐ出掛けた。……当時の池袋は映画館が何軒かあるだけで、デパートも地下鉄も何もない、妙に煤けた陰気な郊外の溜り場にすぎなかったが、「コーヒー道場」はその池袋のはずれの、草ぼうぼうのところにあった。赤土だらけの泥んこの道を、探し歩いて、ようやくみつけたその店は、表をシックイでナマコ塀のようにかためた、一見、チャンバラ映画の町道場に出てきそうな構えで、なるほど戸口に「珈琲道場」と染めぬいた洗いざらしのノレンが掛かっている。何だか、なかに入るにはサムライのかつらでも冠って、

「たのもう」

とか何とか言わないと具合が悪そうだった。つまり道場破りの覚悟でもしないと入って行けそうもない……。たかが喫茶店へ入るぐらいで、大袈裟な、と思われるかもしれない。しかし当時は、フリの客がナマじっかコーヒー通みたいなことを言ったりすると、へんなコーヒーを出して、「これは、どういう種類のコーヒーをミックスしたものか当ててみろ」などと意地悪く訊かれたりすることが、実際にあったのである。「コーヒー道場」も、道場と名乗るからには、そういうヘソ曲りのおやじがいるものと思わなければならない。

もっとも、いざ入ってみると「コーヒー道場」のコーヒーは、べつにウマくも何ともなかった。正面の壁に「香王飛」と書いた額がかかっており、カオウヒ、つま

りコーヒーと読ませるつもりだったろうが、実際に出てきたものは、大豆かサツマ芋の焦げたのを湯に溶かしてサッカリンで甘くした、当時としても最低の代用コーヒーにすぎなかった。

それにしても戦争中、ウマいコーヒーを飲ませる店が絶無であったかというと、そうでもない。コーヒーはチョコレートや砂糖などとともに、市場から真っ先に姿を消した食糧ものの一つだが、西銀座の電通の向い側にあった「娯廊」という小さなミルク・ホール然としたコーヒー店では、太平洋戦争の末期ちかくまで、かなり本場に近いコーヒーを、とくに朝早く行くと飲ませていたし、渋谷の大和田にあった「太平治」では、昭和十八年に店ごとボルネオに引っ越すときに、ありったけのコーヒーを三日間、客にサービスして出て行った。

しかし当時の喫茶店のコーヒーの公定価格は一ぱい十センで、コーヒー豆の闇値は一ポンド十円見当であったから、本物のコーヒーを飲もうとおもったら、闇のコーヒー店を探すより手はなかった。といっても、そのころはヤミをやっているところを見つかると、憲兵に踏みこまれて、刑務所へ入れられるという時代だったから、そんな危険をおかしてまで店をやっているところは、めったになかったし、あっても探すのが大変だった。柳橋の近くの、ミツワ石鹸本社の建物の横丁を入った通りに「紅ばら」という間口、一間ぐらいの、おそろしく薄暗い喫茶店があったが、ここでは空襲であたり一帯が焼野原になるまで、完全に本場のコーヒーを飲ませていた。そのかわりドミ・タッス一ぱいのコーヒーが二円とか五円とかいう、およそコーヒーとも思えない値段だったが、狭い店の中はいつも常連の客で満員だった。

いくら貴重だったとはいえコーヒー一ぱい三円（いまの金で千五百円か二千円ぐらいだろうか）もとるのは気がひけるとみえ、おやじのFさんは、コーヒーの入れ方や、コーヒー豆のいり方を、われわれに伝授してくれて、結局は一ぱいのコーヒーをうまく入れるためには、どれだけの労力がかかるものかを、私たちに納得させようとするのであった。

Fさんのコーヒーの入れ方は、鍋にコーヒー一ぱい分の湯を沸かし、その沸騰したところを見すまして、コーヒーの粉を投げ入れる。そのときコーヒーの粉は鍋の表面いっぱいに平均した厚みで拡がらなくてはならない。

「言うなれば投網（とあみ）の要領です。こう腰をひいて、一、二の三で、ぱっと粉を入れる。

ほら、そんな腰の入れ方じゃダメだ。こう腰をひねり気味に……」

と、まことにウルさい。またFさんはコーヒーのいり方にも一家言あって、生のコーヒー豆を、金網の籠へ入れてガスの火にかけているのだが、薄暗い台所ではどの程度に焦げているのか、色を見ただけではわからない。ところがFさんは豆を一つつまんで耳のそばでパチンとつぶしてみるのである。そのパチンという音の具合によって、焦げ具合を聞くわけなのだ。

しかし一番の傑作は、Fさんがコーヒーを嗅ぎわけるときの仕ぐさだった。

「わっしのように、この商売を長年やっている者は、鼻をいたわって、ふだんは鼻は呼吸するだけに使って、嗅ぐ方には使わない。人間は眼をつぶったり、耳をふさいだりするように、練習をつめば鼻は臭いはかがずに息だけすることが出来るようになるもんです……ほら、こうすると、わたしも臭いを感ずるようになる」

と、いかにも真剣な顔つきで小鼻をピクピクとうごかせてみたりする。若いときに浅草のオペラの舞台にも立ったことがあるというだけあって、小鼻ひとつ動かすのも、なかなか堂に入ったものであった。

Fさんの悪いクセは、店へ来る客をバカにすることで、コーヒーのことを知らな

い客と見ると、出ガラシのコーヒーをつかって、馬鹿高い金を請求するのである。そして、

「ああいうバカな連中からは、どんなに踏んだくったってかまわない」

と、うそぶくのだが、こういうFさんを見ると私たちは、かげでは自分たちもどんなことを言われているのかわからないという気にさせられた。

こういうFさんのような人を、コーヒー道の達人と呼んでいいかどうかはわからない。しかしわがくにのコーヒー界に幾多の名人、達人のいることはたしかだし、こんなにコーヒーの名人や達人の多い国は、世界中で日本だけだということも、ほぼたしかなことである。つまり、それだけわれわれはコーヒーの味についてウルさい国民だということになる。これは一つには私たちが先天的に微妙な味覚をもっているからでもあろう。たしかにアメリカ人なんかにくらべると、私たちの舌ははるかに鋭敏のようである。しかし、それにしても私たちは、番茶やミソ汁のことには、こんなにウルさく神経はつかわない。そしてコーヒーだの洋酒だののことになると、俄然、ちょっとしたことにもカンカン・ガクガクの議論をたたかわせたくなるのは、

やっぱり外国崇拝の気持が強いからではないか。つまり私たちはコーヒーやウイスキーを通じて〝外国〟を見ているのであり、外国のものだから、ちょっとしたことでもアダやオロソカには出来ないという気持がはたらくのであろう。

もっとも、こんな気風も、ここ数年、インスタント・コーヒーの大流行以来、ぐっと薄れてきたようだ。インスタントのおかげで番茶よりも手軽にコーヒーがのめるようになってみれば、やれモカがどうの、ガテマラがどうの、といちいちモッタイぶった講釈をききながらコーヒーを飲むことが、さすがに少々馬鹿らしくなったのであろう。それだけコーヒーは、われわれの生活に根を下ろしはじめたともいえる。いま全国の家庭で朝飯にパンとインスタント・コーヒーを飲む率は、パーセンテージにして、どのくらいあるものかは知らないが、コーヒーの普及はきっと戦前にくらべて数百倍、数千倍にもなるのではなかろうか。

しかし本当のことをいうと私は、こんなふうにインスタント・コーヒーが普及してしまうことが、何となく不安であり、これでいいのかしら、と思う。

戦前のようにコーヒーを特別あつかいにして、無闇に達人や名人の出てくることも滑稽だが、いまのようにヤタラに誰でも彼でもがコーヒーをガブガブ飲んでいる風景をみると、心配になってくる。第一、私たちの胃袋は外国人のそれとちがって、刺戟性のものには弱いはずなのである。それに外国人、ことにアメリカ人は決して私たちのように濃いコーヒーは飲まない。ご存じの方もあろうが、アメリカ人は一日中コーヒーばかり飲んでいるといっても、それは紅茶に色がついた程度のもので、それに牛乳やらクリームやらをタップリ入れる。これなら何杯のんでも腹がガブガブになるだけで、とくに胃がいたんだりはしないだろう。……そのアメリカ人にしてもインスタント・コーヒーには、かなり警戒して、「あれは体に悪いから、よせ」といったりする人がいる。手軽だから、つい何杯も飲むということもあるだろうが、インスタント・コーヒーはコーヒーそのもののアクが残ることもたしかなようだ。

第一インスタントは、どんなに良く出来たものでも、普通のコーヒーにくらべて、明らかにマズいものである。

私は、コーヒーを飲むなら、インスタントはおやめなさい、と言いたい。それにコーヒーの入れ方は、ウルさく言えばキリがないにしろ、普通は決してそんなに厄介なものではない。むしろ紅茶と同じ程度にカンタンに入れられるものである。

東京駅構内Aコーヒー店の台所をのぞいてみたが、ウマいといわれているここのコーヒーだって、決してそんなに特別なことをやっているわけではない。コーヒーの粉を入れた袋の上から熱い湯をジャーッとかける。ただそれだけのことである。こんなカンタンなことにも無論いくつかのコツはあるだろう。しかし、どんなにまずい入れ方をしたコーヒーでも、インスタントとはくらべものにならないほどおいしい。

ウソだと思ったら、まず皆さんがやってごらんになるといい。

喫茶店で本を読んでいるかい ● 植草甚一

うえくさ・じんいち
1908年東京生まれ。評論家、随筆家。映画、ジャズ、ミステリーなど幅広く評論活動を行う。のちに『宝島』となる『ワンダーランド』責任編集者。おもな著作に『ジャズの前衛と黒人たち』『ぼくは散歩と雑学が好き』など。1979年没。

こないだ友人に『喫茶店で本を読んでいるかい』ときかれた。いいことを言うなあと思いながら、いまの喫茶店は長居ができないし、本なんか二十分も読んでいるとソワソワしてくるよ、と返事すると『それにはホテルのロビーが一番いいんだ。コーヒー一杯で三時間はゆっくり読んでいられる。クッションもいいしね』とおしえてくれた。

これにはうれしくなった。そんなにも本を読むのがすきなんだということと、いまの一言で、どんなに長いあいだ喫茶店で本を読んできたかわからない、と思ったからである。朝から晩まで自分の書斎で本を読んでいる人もいるだろう。その人のイメージは、ぼくにとって、さしずめ日本の古典を研究している学者になってくる。そうしてそのイメージからは親近感をあたえられない。

けれど喫茶店で本を読むのがすきな人からは妙な親近感をおぼえるのだ。そうした人たちのイメージは、若い人だと現代外国作家の翻訳小説ファンとして浮かんでくるし、ずっと年がうえの人だと、そういう小説を原書で読んでいるイメージになってくる。喫茶店でコーヒーを飲んでいる若い人がいて、ふと見ると白水社の「現代イタリア短編選集」がテーブルのうえに置いてある。いい趣味だなあ。きっとトンマーソ・ランドルフィやイタロ・カルヴィーノやジョルジョ・バッサーニが、どんなに面白いか知っていて、それで買ったんだろう。見知らない人だから話しかけるのも変だし、ほかにどんな本を読んでいるかは想像するだけにしておく。

いっぽうホテルのロビーへと出かけ、そこの喫茶ルームの隅っこでコーヒーを注文した友人が、すぐ読みだしたのは、これもぼくの想像だけれど、英語の原書で文学評論なのだ。最近むこうで出版されたばかりだが、ときどき評論本には難解で頭がいたくなるのがある。だからもう一冊予備として頭がいたくならない本を持っていったにちがいない。

本に夢中になっているうちに残ったコーヒーがさめちゃった。ほんとうはホテルのコーヒーよりはコーヒー専門店のやつが飲みたかったんだ。あとで本屋へ行った帰りに飲むことにしよう。

なんだか自分がやっていることが想像のなかに混り込んできたので、このへんでやめると、ホテルのロビーがいいよ、なかでもあそこが快適なんだと言われたとき、ぼくもそうしようと思ったが、だいたい一流ホテルになると古本屋の近くにはないことに気がついた。それでまだホテルのロビーは利用していない。

喫茶店でゆっくりと本を読む人に親近感をおぼえるのは、ぼく自身がそうだったからで昭和二年あたりから始まった。そのころのコーヒーは十銭で、中央線の荻窪や中野や東中野にいい古本屋が幾軒もあった。小遣いといっても三円どまりだったけれど、最初の古本屋で十銭か二十銭まけてもらうと、すこし歩いてから喫茶店にはいって、買った本をパラパラとやる。そのときの気持はなんともいえない。十銭のコーヒーで疲れがなおると、つぎの古本屋を二軒か三軒のぞいて、またコーヒー代を浮かす。おまえが病気をしないのは古本屋をぶらつくから足がじょうぶになっているせいだよ、と医者にいわれたことがあった。

昭和二年から四年あたりにかけて第一次の喫茶店隆盛期があって二千円あれば一軒の店ができた。一日の上りは二十円で結構だし、八十円も上りがあるので、同業者のあいだで評判になった店が早稲田にあった。すごく儲かったとみえ、三年目あたりに銀座の松屋うらに進出したが、ある日のこと新聞をひろげると、失火で焼失という記事が目にはいった。

なぜこんなことを思いだしたかというと、ぼくもそのころ喫茶店をやったからで、ちょっと場所がわるかったのと、コーヒーがまずかったせいで、最初は十円の上りだったのが、半年たったら一円五十銭に落ちてしまい、一杯五銭にすれば客が来るよと言われたが、やめたほうがアッサリしている。つぶれたあとで古巣のまえを通ってみたらカツレツ屋になっていた。

昭和初期は喫茶店の第一次隆盛期だったが、それでも東京には中央線沿線から、いちばん多かった神保町あたりまで引っくるめ、三百軒ちょっとしか喫茶店はなかった。喫茶店名簿なんかなかったし、ぼくは足で調べたのである。三百軒のうち半分までは、誰かが喫茶店をやりたいなあと言うと、仲間たちがおだてあげ、そんな連中の巣になりながらも、二年か三年は食っていけたわけだ。あとの半分のうち大部分は、それ以前にあった喫茶店か、中途半端な亜流だったが、ほんのすこしだけ、こいつはおいしいなと思う店があった。そんな店を知っているのが当時のコーヒー通だったのである。

ともかく若い人たちには喫茶店がやりたいという夢があったし、それはハイブローな夢だった。戦後のジャズ喫茶隆盛期にも似たような夢が感じられた。最近の東京では新規開店の洒落たジャズ喫茶を見かけないが、地方都市へ行くと、思わず感心してしまうような店ができている。

ジャズ喫茶のあとで、いまが第一次隆盛期だと思うのがコーヒー専門店で、この現象は五年まえに始まった。いやもっと以前からだよと言う人もいるだろうが、造作をコーヒー系統の色で生かし、室内はコーヒーのにおいでプンプンするし、飲んでみるとヤケにおいしい店ができたのは五年まえだったのである。そうしてその店が繁盛したので、いまでは一カ月に一軒はふえているんじゃないかと思うくらい、あっちこっちで新しい店にぶつかる。なぜメンズ・マガジンでコーヒー専門店だけの地図をのせないのか不思議だ。ぼくはコーヒーの知識はないけれど、飲みだしたとき、もう一杯飲んでもいいと思うのに、飲みおわったとき、それだけでよくなってしまうのが、おいしいコーヒーだ。どっさり材料をつかっているからだと、カウンターで眺めているときわかった。

ミラーボールナポリタン ● 爪切男

つめきりお
1979年香川生まれ。小説家。2018年『死にたい夜にかぎって』でデビュー、のちに同作品はドラマ化される。おもな著作に『もはや僕は人間じゃない』『働きアリに花束を』『クラスメイトの女子、全員好きでした』『きょうも延長ナリ』など。

私が拒食症を克服したことを祝し、料理が苦手なアスカが同棲生活四年目にして初めての手料理を作ってくれた。記念すべき最初の料理はオムレツ。躁鬱病の断薬治療中であるアスカが禁断症状を起こした場合を考え、手にすると危険な刃物類は全て捨ててある我が家のキッチン。そんな状況でも作ることができる包丁を使わない料理。その一つがオムレツだった。形は崩れ、いたるところがボロボロに破れている。その上から乱雑にケチャップをぶっかけたオムレツは、電流爆破デスマッチで流血した大仁田厚の背中のようだった。味付けも見事に失敗しており、正直食えたものではない。だが、このオムレツにはアスカの気持ちが隠し味としてたっぷり入っているのだ。数日振りに餌にありついた野良犬のように、オムレツを一気にかき込み、「美味しかったよ」とアスカの頭をグリグリと撫でる。自分の料理を褒められたことが嬉しくて仕方ないようで、「何か食べたい料理があったらリクエストしてね！」とアスカは鼻高々に笑った。

アスカシェフの作る「大仁田厚の背中風オムレツ」も捨てがたいが、私にとって思い入れの深い料理といえば、ナポリタンをおいて他にない。

渋谷道玄坂のマークシティ裏、昼でも日があまり差し込まない薄暗い坂道を一気に駆け上ると、ほとんどの窓ガラスにスモークがかかっているあやしげなビルが見えてくる。その半地下に、「論」というレトロな外観の純喫茶があった。私のような若造には敷居が高い珈琲専門店。そのお店のナポリタンこそが、私にとっての忘れることができない一品だ。

た風俗だった。

「論」を知ったきっかけは、毎度のごとくアスカに浮気をされた腹いせで立ち寄った風俗だった。

プレイが終わった後の風俗嬢との世間話で、「渋谷でどこか美味しいお店ある?」というなんともアバウトな質問をした。ベートーベンによく似た無造作ヘアの彼女が教えてくれたのが、「論」だった。健康と栄養のバランスばかりを気にするつまらない料理研究家の言葉よりも、ちょっと無愛想な風俗嬢の「あそこのナポリタンがめちゃオススメ!」という無邪気な言葉を信じたい。私はこれまでもこれからもそうやって生きていく。

ホテルを出ると夜の七時をちょっと過ぎたぐらいだった。仕事がバタバタした関係で朝から何も食べていない。教えてもらった喫茶店へ一直線に向かう。入口のドアを「えいや!」と勢いに任せて押し開けた。平日の夜とは思えないほどの人で賑わっている。木目調のインテリアで統一されたシックな店内に、洒落たシャンソンミュージックが流れ、タバコの煙が気持ち良さそうに泳いでいる。エスコートしてくれたのは、への字眉毛にギョロッとした目付きが奈良の金剛(こんごう)力士像にそっくりなおばちゃん店員だった。テーブルの上に、おしぼりとお冷(ひや)を投げつけるように置いて、おばちゃんが言った。

「お兄さん、体からラブホテルのにおいしてるよ！　風俗帰り？　スッキリした後だからお腹空いたでしょ？」

店内の雰囲気をぶち壊す下衆極まりない台詞。それが南さんと呼ばれるおばちゃん店員との出会いだった。

気を取り直して、風俗嬢オススメのナポリタンを注文。およそ十分ほどで目の前に大盛りのナポリタンが運ばれてきた。見た目は全くもって普通だが、少し太めのもちもち麵とケチャップのバランスがなんとも素晴らしい。ベチャっともせずカラっともしていない絶妙の混ざり具合だ。いい意味で適当にざく切りされた野菜、何の変哲もない普通のソーセージが普通に美味しい。いつだって本当に美味しい料理はシンプルなものだ。一緒に盛り付けてあるのがコールスローサラダというのは珍しい。

お冷の交換に来た南さんがナポリタンにがっついている私を見て「本当に美味しそうに食べるね！　スケベなことした後にそんだけ美味しそうな顔で飯を食えるの

はたいしたもんだ！」と大声で笑った。キンキンに冷えたお冷、純喫茶特有の上品な空間に響き渡る南さんの下品な言葉、シンプルで美味いナポリタン。この店に惚れた。

「論」に足を運ぶのは、決まって風俗帰りだった。少しも悪びれた様子がない私に最初は呆れていた南さんも、やがて観念して「スケベさん、今日はどこのお店に行ってきたんだい？」と馬鹿話に付き合ってくれるようになった。風俗帰りに美味しいナポリタンを食べながら、下品なウェイトレスとスケベな話に花が咲く。昭和のお色気ドラマのようなワンシーンがそこにあった。南さんみたいな人が母親だったら最高だなと常々思っていた。そんな私と同じように南さんの魅力にやられたボンクラ男どもで店は常に大繁盛だった。

店に通い詰めて半年が経ち、すっかり常連客となった私に、「いつも来てくれるご褒美(ほうび)だよ」と南さんは自分の若い頃の写真を見せてくれた。写真の中で微笑む綺麗な女性は、フランス王妃マリー・アントワネットの肖像画によく似ていた。外国人のようなシャープな顔立ちがお世辞抜きに美しかった。昭和四十年頃、広島の場末のキャバレーで働いていた頃の写真らしい。今よりも景気が良く、何不自由なく楽しく働いていたが、オーナーが詐欺に遭い、南さんの働くキャバレーはあっけなく潰れてしまった。退職金が出ない代わりにお店の備品をもらえるとのことで、天井でくるくる回っていたミラーボールライトを持ち帰ったそうだ。水商売から昼の仕事へ転身し、収入の激減、どうしようもない男とのどうしようもない恋、結婚、流産、離婚を経験した。「堪え切れないほどの辛いことがあった日はね、真っ暗な部屋でミラーボールを回して、その光を見ながら泣くの。それで、また次の日からも頑張ったのよ」と南さんは他人事のように笑った。

南さんの昔話を聞いた帰り道、大型量販店に寄って小ぶりなミラーボールライトを購入した。「無駄遣いしやがって!」とアスカにこっぴどく叱られてしまったが、「これはいい無駄遣いだよ」と笑い飛ばした。電気を消した真っ暗な部屋で安物のミラーボールがぎこちない動きで回り始める。赤、青、黄、緑の下品な色で構成された小宇宙が部屋の中に誕生した。若い時の南さんも、こんな風にミラーボールの光を見ていたのだろうか。文句ばかり言っていたアスカが「なんだかいいね」とこちらに吸い寄せられてきた。

その年の秋、南さんがお店を辞めることになった。病気で歩くことができなくなったお母さんの介護をするため、実家の秋田に帰るそうだ。「六十五歳にもなって、いつまでも東京にしがみついてるつもりもなかったしね。独り身で子供もいないアタシに残された家族は母親しかいない。いいきっかけだよ」と南さんは、また他人事のように笑った。

南さんに会える最後の日がやってきた。仕事を中抜けしてお店に顔を出す。凛々しきひねくれ者の南さんに、ちゃんとした別れの花は似合わないのでサボテンの鉢を贈った。「最後までいけすかないことするねぇ」と顔をくしゃくしゃにして笑う南さん。別れを惜しむ溢れんばかりの人で店内はいっぱいだ。各テーブルを回って、一人一人としっかり時間を取って話をする南さん。下品なくせに誠実。それがこの人の魅力だ。

私が待つテーブルに大盛りのナポリタンを運んで来た南さん。見慣れたいつもの光景のはずなのに、今日は変に緊張してしまう。

「来てくれてありがとね」

「風俗行かずに来ましたよ」

「えらいえらい」

「ははは」

「最後だからちょっとおせっかいするよ」

「え？」

「いつまでも風俗とかで遊んでフラフラしてんじゃないよ。一緒に暮らしてる彼女を大切にしな」

「……」

「私は本気で怒ってるよ。どうなんだい？」

「……」

「約束できないのかい！　だらしない男だね！」

そう言って南さんは店内に響き渡るぐらいの大声で「ガッハッハ」と笑った。

「今は遊んでいいよ。でも、中途半端に遊ばずにしっかり遊びなよ。私からはそれだけだね」

「ありがとうございます」

「あんたからは何かある？」

「南さんのことを『お母さん』って呼んでもいいですか？」

「ダメ。まだ甘えちゃダメ。そういう風に甘えん坊になるのは、ちゃんとした男になってからにしな」

「最後まで厳しいな」

「当たり前だよ」

「南さん、お世話になりました。頼むから長生きしてくださいね」

「お粗末様でした。元気でね！」

南さんが去ったテーブルにはナポリタンしか残っていない。この「論」のナポリタンを私は絶対に忘れない。

渋谷のお母さんと別れた日の夜、ミラーボールライトを点けたり消したりして遊んでいるアスカの背中を指でトントンと叩く。

「何か食べたい料理あるかって聞いてたけどさ。ナポリタン作ってよ」

ようやく届いたリクエストに、アスカシェフの目がキラキラと輝いた。

翌日、アスカオリジナルの、「包丁を使わずに作れるナポリタン」が完成した。形だけは綺麗に整えてきたが、はたしてお味の方はどうなのか。右手に持ったプラスチック製のフォークをナポリタンに突き立てる。テーブルにこぼした麺を拾って食べていたら「汚いよ！」と南さんに頭をゲンコツで叩かれた思い出。赤色でもピンク色でもないケチャップみたいな色をしていた南さんの口紅。ソーセージ色をした南さんのしわしわの肌。ナポリタンの具材全てから南さんのことが思い出されて泣けてくる。あんなババアなのに、一生忘れられない人になってしまった。

不安そうな顔で料理の感想を待っているアスカ。こいつがナポリタンをうまく作れるようになるのと、私が南さんに誇れるだけのいい男になるのはどっちが先だろうか。部屋の隅っこで回転するミラーボールの光を見つめながら、辛すぎるナポリタンをズルズルと口に運んだ。

※編集部注

この作品は私小説です。プライバシー保護のため登場人物のプロフィールは変更しています。

ウィンナーコーヒー

星野博美

ほしの・ひろみ
1966年東京生まれ。ノンフィクション作家、写真家。2001年『転がる香港に苔は生えない』で大宅壮一ノンフィクション賞受賞。おもな著作に『コンニャク屋漂流記』(読売文学賞随筆・紀行賞受賞)、『世界は五反田から始まった』(大佛次郎賞受賞)など。

戸越(とごし)銀座商店街に「シャルマン」という老舗(しにせ)喫茶店がある。店の奥には目黒にある大鳥神社の大きな熊手が飾られ、その向かいには若き日の美川憲一の巨大なパネルが、埃(ほこり)をかぶったまま何十年も掲げられている。女主人がファンなのだろう。

大晦日(おおみそか)の紅白歌合戦で派手なパフォーマンスをする、オネエ言葉のタレントの元祖というイメージの強い美川憲一だが、私が小学生の頃はユニセックスな美形の歌手として知られていた。彼が歌う「さそり座の女」は大ヒットを飛ばし、彼のもののまねがクラスでも流行ったものだった。この歌の歌詞があまりにリアルなので、針で男を一突きするさそり座の女が苦手になったくらいだった。

シャルマンが誕生したのは一九七三年のこと。この店の誕生は、当時クラスで大きな話題となった。「心に通う一杯のウィンナーコーヒーをどうぞ」という一文が看板に書かれていたからだ。

「ウィンナーが入ったコーヒーなのか？」

「なんでわざわざウィンナーをコーヒーに入れるんだ？」

「スプーンのかわりにウィンナーでかき混ぜるのかな？」

子どもたちは想像力を駆使して「ウィンナーコーヒー」の正体を脳裏に描いた。

私がイメージしたのは、コーヒーカップの回りに、タコの形をした赤いウィンナーが並んでいるコーヒーだった。そうする意味は全然わからないけれど、当時はいろんなメニューにタコのウィンナーが飾ってあったから、コーヒーに飾ってあっても不思議はないような気がしたのだ。家に帰って父にも尋ねた。

「ウィンナーコーヒーってさ、タコのウィンナーで飾ってあるの？」

「そんなわけないだろ！」

「じゃあウィンナーでかき混ぜるの？」

「気持ち悪いだろ！」

父は間髪入れずにそう否定したが、じゃあどんな飲み物なのかと聞くと、もごもごしてごまかした。親もウィンナーコーヒーの正体を知らなかったし、かといって子どもをシャルマンに連れていってくれるほど太っ腹でもなかった。

「それはね、生クリームの入ったウィーン風のコーヒーだよ」

そう教えてくれたのは、私に井上陽水のレコードを聞かせてくれた、いまは亡き従兄（いとこ）だった。

「アメリカンはアメリカ風のコーヒー。ウィンナーは、ウィーン風のコーヒーなんだ」

そして従兄に連れられ、私は生まれて初めてウィンナーコーヒーなるものをシャルマンで飲んだ。コーヒーの上に浮かべられた、当時はまだ珍しかったホイップクリーム。私は思いっきりクリームを吸い、口に流れこんだ熱いコーヒーで舌をやけどした。ウィーンの人は、こんなしゃれたものを飲んでいるんだ。ウィーンに対するイメージは、シャルマンのおかげで格段に上がった。

余談だが、何年か前にミュンヘンで友人たちとビヤホールに入ったことがある。友人たちはみな、ミュンヘン名物の白ソーセージ「ヴァイス・ヴルスト」を迷わず選んだが、私はメニューにあった「ヴィーナー・ヴルスト」を頼んだ。直訳すればウィーン風ソーセージ。シャルマンの影響が強かった私は、あぶられた太いソーセージに生クリームソースがかけられたしゃれた食べ物が出てくるものだと信じていた。ところが目の前に運ばれてきたのは、小さなウィンナーが数本だけだった。「星野さん、なんでミュンヘンまで来てウィンナー食べたいの？　なんか子どもみたい」と友人たちに爆笑された。「ウィーン風ソーセージ」のことを「ウィンナー」と最初に呼んだ人を、心底恨む。

「ウィーン風」をウィンナーと勘違いし、ウィンナーを「ウィーン風」と勘違いする。つくづく自分は昭和の言語感覚が抜けないと痛感した。

思い出深いシャルマンだが、テレビドラマの舞台として登場したことがある。武蔵野市に住んでいた頃、だらだらテレビを見ていたら、見慣れた喫茶店が出てきてびっくりした。それはTBSで放映した「STAND UP!!」というドラマで、まだ超売れっ子になっていない頃の二宮和也、山下智久、小栗旬、成宮寛貴が主人公の、ありていに言えば少年の発情期をテーマとした、抜群にドライブ感のあるB級ドラマだった。

少年たちが暮らすのは大井町線・戸越公園駅の商店街という設定。懐かしい戸越銀座や五反田の風景が登場するたびに私はテレビに向かって「うぉー」と叫び、実家や姉に電話をかけまくった。

そして主人公の少年四人がたむろする喫茶店がシャルマンだった。美川憲一の巨大パネルでわかった。

「どうりでこの間、シャルマンの前に人だかりがしていたよ」と父までが興奮していた。

このドラマでもう一つ嬉しかったのは、主人公役・二宮和也の母親を片平なぎさが演じていたことだ。片平なぎさといえば、戸越銀座界隈では有名な話だが、隣駅、荏原中延(えばらなかのぶ)の人だ。

私は、一度だけ片平なぎさの姿を生で目にしたことがある。

九歳の時、荏原中延駅前にマクドナルドがオープンした。私と姉は何日も前からオープンの日を心待ちにし、マックフライポテトの無料引換券がボロボロになるほど、毎日持ち歩いた。

開店日の朝、私は姉と二人でマクドナルドの前に並んだ。店の前ではドナルドが風船を配っていた。子どもたちは群がって風船を奪いあったが、私はドナルドの白塗りの顔が怖くて風船をもらうことができなかった。

ドナルドの顔は、アメリカでは道化師のメーキャップとして市民権を得ているのかもしれないが、私には悪魔の手先にしか見えなかった。ドナルドがわざわざアメリカから来日したと信じていたので、異人さんに連れられて行っちゃった赤い靴を履いた女の子のように、アメリカへさらわれてしまうような気がした。

突然、店の前に行列した子どもたちがざわざわ騒ぎ始め、ドナルドから離れていった。取り残されたドナルドがきょとんとしている。

「片平なぎさだ！」と誰かが叫んだ。

売り出し中の片平なぎさが、たまたまそこを通りかかったのだった。彼女は少し立ち止まって私たちにほほえみかけると、お母さんかマネージャーと見られる女の人に手を引かれ、ゆっくり立ち去っていった。

当時、マクドナルドはそこらじゅうにある店ではなく、それがこんな下町の駅前にできたのである。しかも、戸越銀座でも武蔵小山でもなく、両者より少し知名度の下がる荏原中延にだ。日本におけるマクドナルドの一号店は一九七一年の銀座店だから、一九七五年の荏原中延出店はかなり早い部類に入るだろう。雨が降ろうが槍が降ろうが、その開店に立ち会いたい。私にとっては、それほどのビッグイベントだった。

ところが片平なぎさは、そんなマクドナルドの誘惑にも負けず、平然と立ち去った。「芸能人って、なんかすごいな」と思ったものだ。

生まれて初めてマックフライポテトを食べた私は、即座にその虜となった。そしてポテトの入っていた紙袋を捨てずに持ち歩いた。ポケットから紙袋を取り出しては、時々残り香を嗅ぐ。かすかなポテトの香りを嗅ぐたび、片平なぎさを思い出した。

二〇〇八年秋、シャルマンがとうとう閉店することになった。

シャルマン最後の日、ランチを食べに行った。店には花束があふれ、薄暗い店内がこれほど華やいで見えたことはなかった。その分、壁に掲げられた古い美川憲一のパネルが、余計寂しそうに見えた。久しぶりに奥の席に座ったら、美川憲一の隣にSHAZNAのIZAMのポスターが貼られていた。この店の女主人の趣味は、一貫して女性みたいな化粧をした男性なんだ。その一筋縄ではいかない感じが、なんだか嬉しかった。

店はみるみる客でいっぱいになり、待ち客が出るありさまだった。常連客は、一分でも長く店で過ごしたいところなのに、待っている客のためにさっさとごはんをかきこみ、「また夜に来るよ」とさらっと帰っていく。彼らの慎み深さは、チェーンのコーヒーショップではけっして見られないものだった。

「小学生の時、生まれて初めてここでウィンナーコーヒーを飲んだんですよ」

帰り際、女主人にそう話しかけると、彼女は「三十五年間働きづめだったので、そろそろ本当に休みます」と言って深々と頭を下げた。

これほど地元の人たちに愛された喫茶店が、老朽化と高齢化のため消えてゆく。比較的活気があるといわれる戸越銀座商店街だが、地域独自の店が次々と姿を消し、チェーンの外食産業が続々と進出しているのが実情だ。

しかし思い出は消えない。世界のどこかでウィンナーコーヒーを飲むたび、私はシャルマンを思い出し、くすっと笑うだろう。

珈琲店より

高村光太郎

たかむら・こうたろう
1883年東京生まれ。彫刻家、画家、詩人。東京美術学校（現・東京芸術大学）に通う一方で、短歌を発表する。主な詩集に『道程』『智恵子抄』『をぢさんの詩』『暗愚小伝』など、歌集に『白斧』、随筆に『某月某日』『独居自炊』『山の四季』などがある。1956年没。

例のMONTMARTREの珈琲店(カフエ)で酒をのんで居る。此頃、僕の顔に非常な悲しみが潜んでゐるといつた君に、僕の一つの経験を話したくなつた。まあ読んでくれたまへ。

OPÉRAのはねたのが、かれこれ、十二時近くであつた。花の香(にほ)ひと、油の香ひで蒸される様に暖かつた劇場の中から、急に往来へ出たので、春とはいひながら、夜更けの風が半ば気持ちよく、半ば無作法に感じられた。

AVENUE DE L'OPÉRA の数千の街灯が遠見の書割の様に並んで見える。芝居がへりの群衆が派手な衣裳に黒い DOMINO を引つかけて右にゆき、左に行く。僕は薄い外套の襟を立てて、このまま画室へ帰らうか、SOUPER でも喰はうか、と MÉTRO の入口の欄干の大理石によりかかつて考へた。

五六日、夜ふかしが続くので、今夜は帰つて善く眠らうと心を極(き)めて、MÉTRO の地下の停車場へ降りかけた。籠つて湿つた空気の臭ひと薄暗い隧道(トンネル)とが人を吸ひ込まうとしてゐる。十燭の電灯が隧道の曲り角にぼんやりと光つてゐる。其の下をちらと絹帽が黒く光つて通つた。僕は降りかけた足を停めた。画室の寒い薄暗い窖(あなぐら)の様な寝室がまざまざと眼に見えて、今、此の PLACE に波をうつてゐる群衆から離れて、一人あんな遠くへ帰つてゆくのが、如何にも INHUMAIN の事の様に思へてならなかつた。

〝UN HOMME! MOI AUSSI〟と心に叫んで、引つかへして、元の OPÉRA の前の広場に立つた。アアク灯と白熱瓦斯の街灯とが僕の影を ASPHALTE の地面の上へ五つ六つに交差して描いた。

〝VOILA UN JAPONAIS! QUE GRAND!〟といふ声が耳のあたりで為た様に思つて振り返つた。五六歩の処を三人連れの女が手を引き合つてBOULEVARDの方へ急いで行く。何処を歩かうといふ考へも無かつた僕は、当然その後から行く可きものの様に急いで歩き出した。

歩き出したが、別に其の女に追ひつかうといふのではない。ただ、河の瀬を流れる花弁の一つが右へ行くと、其の後のも右へ行く様に吸はれて行つたまでである。CRÉDIT LYONNAISの銀行の真黒な屋根の上に大熊星が朧ろげな色で逆立ちをしてゐる。BOULEVARDの両側の家並の上の方にCHOCOLAT MEUNIERだの、JOURNALだのの明滅電灯の広告が青くなつたり、赤くなつたりして光つてゐる。芽の大きくなつた並木のMARRONNIERは、軒並みに並んでゐる珈琲店(カフェ)の明りで梢の方から倒(さかし)まに照されて、紫がかつた灰色に果しも無く列つてみえる。その並木の下の人道を強い横光線で、緑つぽい薄墨の闇の中から美しい男や女の顔が浮き出されて、往つたり来たりしてゐる。話声と笑声が車道の馬の蹄に和して一種の節奏(リズム)を作り、空気に飽和してゐる香水(パルフエン)の香と不思議な諧調をなして愉快に聞える。動物園のインコやアウムの館へ行くと、あの黄いろい高い声の雑然とした中に自ら調子があつて、唯の騒音でも無い様なのに似てゐる。僕は此の光りと音と香ひの流れの中を瀬のうねくるままに歩いてゐた。三人の女は鋭い笑ひ声を時々あげながらまだ歩いてゐる。

僕は生れてから彫刻で育つた。僕の官能はすべて物を彫刻的に感じて来る。僕がWHISTLERの画や、RENOIRの絵を鑑賞し得る様になるまでには随分この彫刻と戦つたのであつた。往来の人を見ると、僕はその裸体が眼についてならないのである。衣裳を越して裸体のMOUVEMENTの美しさに先づ酔はされるのである。

三人の女の体は皆まるで違つてゐる。その違つた体のMOUVEMENTが入りみだれて、しみじみと美しい。

ぱつと一段明るい珈琲店(カフェ)の前に来たら、渦の中へ巻き込まれる様にその姿がすつと消えた。気がついたら、僕も大きな珈琲店の角(すみ)の大理石の卓(つくゑ)の前に腰をかけてゐた。

好きなCAFÉ AMERICAINのCITRONの香ひを賞しながら室を見廻した。急に人の話声が始まつたか、と思ふほど人の声が耳にはいる。急に明るくなつたか、と思ふほど室の美しさが眼に入る。急に熱くなつたかと思ふほど顔がほてつて来た。

音楽隊(オルケストラ)ではTARANTELLAをやり始めた。

トラ、ラ、ラ、ラ、ラ。トララ、トララ、トラ、ラ、ラ、ラ、ラ。

僕の神経も悉(ことごと)く躍り出しさうになつた。音の節奏(リズム)に従つて、今此の室にある総ての器、すべての人の分子間に同様な節奏の運動が起つてゐるに違ひない。

足拍子が方々で始まつた。立派な体に吸ひついた様な薄い衣裳を着けてゐる女が二三人匙を持ちながら踊り出した。わつと喝采が起つた。僕も手を拍つた。

〝HALLO! VOICI〟と口々に言つて僕の肩を叩いたのは、先刻の女共であつた。

「後をつけていらしつたの？」

「後をつけて来たのではないの。後について来たの。」

「今夜は何処へ入らしつた？」

「OPÉRA」

「SALAMMBO ね、今夜は。」

「N'APPROCHER PAS; ELLE EST A MOI!」と一人が声高く、手つきをしながら声色をやつた。僕は、体中の神経が皆皮膚の表面へ出てしまつた様になつた。女等の眼、女等の声、女等の香ひが鋭い力で僕の触感から僕を刺戟する様であつた。言ふがままに三人の女に酒をとつた。僕も飲んだ。三人は唄つた。僕は手拍子をとつた。やがて、蒸された肉に麝香（じやこう）を染み込ました様な心になつて一人を連れて珈琲店（カフエ）を出た。

今夜ほど皮膚の新鮮をあぢはつた事はないと思つた。


朝になつた。

白布の中で珈琲（カフエ）と麵麭（クロアソン）を食つた。日が窓から室の中にさし込んでゐる。窓掛けの薄紗を通して遠くにPANTHÉONの円屋根が緑青色に見える。PIANISSIMOで然（さ）もGRANDIOSOな滊笛の音がする。襤褸（ぼろ）買ひの間の抜けた呼声が古風にきこえる。ごろごろと窓の下を車が通る。静かな騒がしさだ。

一度眼をさました人は又うとうとと睡つて、長い睫が微かに顫（ふる）へて見える。腕の筋が時々ぶるぶると痙攣する。

僕は静かに、昨夕（ゆうべ）OPÉRAに行つてから、今朝までの自分の感情を追つて考へて見た。人の楽しむ事を自分もたのしみ、人の悲しむ事を自分も悲しみ得たのが何より満足に感じた。眼を閉ぢて、それから其へと纏（まとま）らない考へを弄んで、無責任な心の鬼事に耽つてゐた。

　突然、

〝TU DORS?〟といふ声がして、QUINQUINA の香ひの残つてゐる息が顔にかかつた。大きな青い眼が澄み渡つて二つ見えた。

　あをい眼！

　その眼の窓から印度洋の紺青の空が見える。多島海の大理石を映してゐるあの海の色が透いて見える。NOTRE DAME の寺院の色硝子の断片。MONET の夏の林の陰の色。濃い SAPHIR の晶玉を MOSQUÉE の宝蔵で見る神秘の色。

　その眼の色がちらと動くと見ると、

「さあ、起きませう。起きて御飯をたべませう」と女が言つた。案外平凡な事を耳にして、驚いて跳ね起きた。女は、今日 CAF ÉUNIVERSIT É で昼飯を喰はうといつた。

　ふらふらと立つて洗面器の前へ行つた。熱湯の蛇口をねぢる時、図らず、さうだ、はからずだ。上を見ると見慣れぬ黒い男が寝衣のままで立つてゐる。非常な不愉快と不安と驚愕とが一しよになつて僕を襲つた。尚ほよく見ると、鏡であつた。鏡の中に僕が居るのであつた。

「ああ、僕はやつぱり日本人だ。JAPONAISだ。MONGOLだ。LE JAUNEだ。」

と頭の中で弾機(ばね)の外れた様な声がした。

夢の様な心は此の時、AVALANCHEとなつて根から崩れた。その朝、早々に女から逃れた。そして、画室の寒い板の間に長い間坐り込んで、しみじみと苦しい思ひを味はつた。

話といふのは此だけだ。今夜、此から何処へ行かう。

ひとり旅の要領

阿川佐和子

あがわ・さわこ
1953年東京生まれ。作家、エッセイスト。TBS「情報デスクToday」「筑紫哲也NEWS23」「報道特集」でキャスターを務める。以後、執筆を中心にインタビュー、テレビ、ラジオ等幅広く活動。おもな著作に『母の味、だいたい伝授』『話す力』『聞く力』など。

ときどきふっと、一人で旅をしたいと思う。でも本当のところ、なかなか実行に移せない。普段、見知らぬ人にインタビューしたり、日々、違う人々と仕事をしたりして、初対面には慣れているつもりだが、いざ一人で旅をしようとすると、急に人見知りの虫がうごめき出す。やっぱりやめとこ。

怖いのはまず旅先での食事だ。一人、見知らぬ土地で見知らぬ店を訪ねて食事をするなんて。

「いらっしゃいませ」

という声が店内に響いたとたん、あらゆる席から冷たい視線が飛んでくるに違いない。うどんをすすっている最中に、「女一人か」と不憫に満ちたまなざしで見られるかもしれない。そのあとホテルに行って、「お一人様ですか？」と訊ねられる。受付係は私に鍵を手渡した直後、直感力と経験に満ちた支配人からさりげなく指示されるであろう。

「おい、あの客は要注意だ。なんかあったらいけないから、目を離すなよ」

そういう疑いがかけられないためにも、私は思い切りはしゃいでみせる。

「そういうんじゃないっすから。ぜーんぜん！　暗い旅行じゃないっすから、ホントに」

笑顔作りに疲れて部屋に入る頃、私は後悔するかもしれない。あーあ、やっぱり誰かを誘ってくればよかったのかなあと。

なんて、そういう杞憂を長年抱き続けていたけれど、考えてみれば、その手の心配をされる年頃はとうに過ぎた。女一人に向けられる世間の目も優しい時代になっている。勇気を出して、出かけてみるか。

そう思っていた矢先、私と同じく独身の、私よりずっと若いオンナ友達が明るい顔でこう言った。

「こないだ、京都まで一人で旅してきました。気楽で楽しかったあ〜。癖になりそうです」

「へえ、偉いねえ。食事とか、どうしたの？」

「お店に行く元気がないときは、錦市場でお総菜買って、あるいはお寿司とかお弁当を買ってきて、ホテルの部屋で食べました」

そうか、そういう手があるか……。にわかに力がみなぎってきた。そうだね、何も気負うことはない。ちょいと近所のスーパーへ買い物ついでに商店街を歩く気分で家を出ればいいのではないか。歩き疲れたら休めばいい。ホテルで寝坊したくなったら、ゆっくり町に出ることにしよう。それこそ厭になったら旅を中断して帰ってきたって、誰にも文句は言われない。それが一人旅の醍醐味だ。こうして私は、新幹線に乗った。

とはいえ、今回、厳密な一人旅ではない。雑誌編集者やカメラマンや他のスタッフも一緒だ。もしかすると普通の旅より大所帯である。でもみんな、気分は一人。一人のつもり。いわば、一人旅の予行演習である。

京都へは何度、来ただろう。小学六年生のときに家族で来たのが最初だと記憶する。中学の修学旅行ではお寺や旧跡を訪れた。その後、仕事で骨董街を歩いたり、友達と歌舞伎を観て、京料理の割烹で酔っ払ったりしたこともある。インタビューだけでとんぼ返りした日もあったっけ。だから京都は決して見知らぬ町ではない。でも、もっぱら京都駅からホテルまで、あるいはホテルから目的地まで、直線的な行動を取ることばかりである。さしたる目的も厳密な時間制限もなく、寄り道だらけのそぞろ歩きをすることはめったにない。しかもその旅を仕切るのは、一人旅の場合、自分である。誰にも指示されたり急かされたりする必要はないのだ。

すっかりエラそうな気分になった私は、せっかくだから今まで知らなかった場所、さほど有名でない場所を選びたいと思った。ぶらりと立ち寄っても大丈夫なところ。でもとっておきの非日常を味わえるところ……。

「だったら、あそこなんかいかがですか?」

編集嬢に勧められたのは、本格焙煎コーヒーを飲ませる喫茶店である。

「京都まで行ってコーヒー屋さん?」

しかも名前が『KAFE工船』。思想信条の厳しそうな匂いがする。そこってマスターに叱られたりする雰囲気ですか? くつろげるのかしら。最初はいぶかしく思ったが、店に着き、白い建物の佇まい、ポップで静かな店内、そしてマスターならぬ若いオーナー、童話から飛び出してきた少女のごとき更紗さんと目を合わせた瞬間、その猜疑心はさっぱり晴れた。

オーナー更紗は私にコーヒーの好みを訊ねると、あとはひたすら抽出作業に打ち込む。黙々と。その姿を見守る私はまるで、伝統工芸の職人の仕事場を訪れた心境だ。でも緊張感はない。貴重な場面に立ち会っているにもかかわらず、暢気な気分。温かい居心地。部屋いっぱいにコーヒーの香りが漂い、余計なBGMはない。焙煎職人の姿から目を移せば、すぐ隣には、この部屋をシェアーしている自転車屋さんのタイヤや部品が目に入る。不思議な店だ。窓から見える通りの景色を見て、現世にいると気づくのだが、そうでもしないかぎり、もしかして自分は別の時代の別の世界に紛れ込んだのかと思う。更紗さんは饒舌ではなく、しかし無愛想でもない。はにかみながら、

「案外、接客業、好きなんです」と、一重の愛らしい目で笑う。この、よそ者に対する冷たくない無関心具合が、一人旅の女の心にグッとくる。「また今度、来ますね」そう言うと、

「はい」さして期待しているふうもなく、でも嬉しそうに更紗さんが、また笑った。

　京都の人は面白い。更紗さんも、朝顔暖簾の美しい京菓子の店、大極殿本舗のおかみさんも、重森三玲（しげもりみれい）庭園美術館の当主も、挨拶した瞬間は、「どうぞどうぞ」と満面の歓迎モードではなさそうなのに、その淡々とした表情を維持したまま、こちらが興味を示すや、隅々に至るまでの優しさと気遣いでもてなしてくださる。そのもてなしの心のおかげで大極殿の菓子「まめまめ」と衝撃的な出会いを果たし、石の庭の雄大さを知った。さあ、そろそろ時間よと、催促される心配なく、ゆったりと。

　錦の市場は何度となく通っていたが、その市場入り口のごく近く、

「あら、可愛らしい花屋さん。あれ、八百屋さん？」と、いつも疑問に思いつつ通り過ぎていたのが、ロジャベルデだったのだ。一人旅のそぞろ歩きのおかげで出会うことができた。人なつこい奥さんと、暖簾の奥で黙々と作業する優しそうなだん

なさん。また会いたくなる人々だった。

旅の最後に一点豪華。旧知の仲の髙橋英一さんは、高貴なお顔でとめどなく私をからかい、笑わせてくださる。東京ではお目にかかれない店構えの中での力強くも繊細な、ル・サルモン・ドールのフレンチだ。この店はやっぱり髙橋さんのような紳士と訪れるのがいい。また一人でふらりと来たら相手してくださいね。ああ、いつでもどうぞ。佐和子さん、どうせずっと一人でっしゃろから……だって、小憎らしい。

甘話休題(抄)

古川緑波

ふるかわ・ろっぱ
1903年東京生まれ。喜劇役者、エッセイスト。映画雑誌編集者を経て喜劇の世界へ。エノケンと並び称される一時代を築き、舞台、ラジオ、映画、テレビとおおいに活躍した。おもな著作に『ロッパ食談』『あちゃらか人生』など。1961年没。

学校の往復に、ミルクホールへ寄るのも、楽しみだった。

僕は、早稲田中学なので、市電の早稲田終点の近くにあった、富士というミルクホールへ、殆んど毎日、何年間か通った。

ミルクホールは、喫茶店というものの殆んど無かった頃の、その喫茶店の役目を果した店で、その名の如く、牛乳を飲ませることに主力を注いでいたようだ。

熱い牛乳の、コップの表面に、皮が出来る——フウフウ吹きながら、官報を読む。

何ういうものか、ミルクホールに、官報は附き物だった。

ミルクホールの硝子器に入っているケーキは、シベリヤと称する、カステラの間に白い羊羹を挿んだ、三角型のもの。（黒い羊羹のもあった）エクリヤと呼ぶ、茶褐色の、南京豆の味のするもの。その茶褐色の上に、ポツポツと、赤く染めた砂糖の塊りが、三粒附いているのが、お定りだ。（だからシュウクリームにチョコレートを附けた、エクレールとは全然違う）

丁度同じ時代に、東京市内には、パンじゅう屋というものが、方々に出来た。

パンじゅうとは、パンと、まんじゅうを合わせたようなもので、パンのような軽い皮に包まれた餡入りの饅頭。それが、四個皿に盛ってあって、十銭だったと思う。

パンじゅうの、餡の紫色が、今でも眼に浮ぶ。

カフエー・パウリスタが出来たのも、僕の中学生時代のことだろう。

カフエーと言っても、女給がいて、酒を飲ませる店ではなく、学生本位の、コーヒーを主として飲ませる店だ。

パウリスタは、京橋、銀座、神田等に、チェーンストアを持ち、各々、一杯五銭のコーヒーを売りものにしていた。そのコーヒーは、ブラジルの、香り高きもので、分厚なコップに入っていた。

砂糖なんか、あり余っていた時代だ。テーブルの上に置いてある砂糖壺から、いくらでも入れることが出来た。学生の或る者は、下宿への土産として、此の砂糖をそっと紙などに包んで持って帰る者もあった。

パウリスタで思い出すのは、ペパーミントのゼリー。それから、自動ピアノというものが、各店に設備してあり、これも五銭入れると、「ウイリアム・テル」だの「敷島行進曲」だのを奏するのであった。

兎も角も、あの時代の、そういう喫茶店、菓子を食わせる店の、明るく、たのしかったことよ。

そして、例によって、僕は、「それに引きかえて現今の」と言って、嘆こうというのであるが、昔を知る諸君なら、誰だって、同感して貰えると思うのだ。

いまの、戦後の、喫茶店というものの在り方だが——

純喫茶というものだけでも、数ばかり如何に多くなったことよ。

東京も、大阪も、京都、名古屋も、コーヒーの店は、実に多くなった。

関西へ行くと、コーヒーは、ブラジルの香りが高い。東京では、モカ系が多く、関西は、ブラジル、ジャワなどの豆を、ミックスしているらしい。

有楽町のアートコーヒーへ行けば、ブラジルでも、モカでも好みの豆が揃っていて、註文すれば、何でも飲める。

昔の五銭に比べれば、今の、最低五十円のコーヒーは、馬鹿々々しい。が、おしぼりが出たりして、サーヴィスは中々いい。

喫茶店のサーヴィスで、一番気に入ったのは、アマンドのチェーン、各店が、コーヒーなどの後に、コップ入りの番茶を、サーヴィスすることで、これは、後から後からと、所謂(いわゆる)「回転」を急いで、追い立てられる感じと違って、「何卒ごゆっくり」と言われているようで気持がいい。

そういう、明るい純喫茶とは別に、近頃、ジャズをきかせる喫茶店が、銀座に出来た。

それも、二軒や三軒ではなく、目下も、殖えつつあるようだ。

戦前から戦時にかけて、新興喫茶と称する店が出来て、レコードをきかせ、昆布茶などを飲ませたが、そして、それらは、女給の美しいのを売りものにしたものだが、今回の、ナマの音楽を売りものの喫茶店は、(これも社交喫茶の部に入りますか?)随分ヘンテコなものだ。

最近開店した、ジャズ、クラシック共に演奏するという店へ入ってみた。入口で、飲食券を買わされるのが、先ず落ち着かない。

入れば、殆んど真っ暗だ。僕など、眼が弱いので、手さぐりでなくては歩けなかった。

そして、真っ昼間から、音楽をやり、その音が強いから、アベックさんも、碌に話が出来ないらしい。コーヒーもケーキも、決してうまくはないし、こんなところへ入る人は、何を好んで、妙な我慢をしているのかと、全く僕には判らなかった。

あの日、喫茶店での出来事

麻布競馬場

あざぶけいばじょう
1991年生まれ。覆面小説家。慶應義塾大学卒。2021年からTwitter（X）に投稿していた小説が「タワマン文学」として話題になる。2022年『この部屋から東京タワーは永遠に見えない』でデビュー。著作に『令和元年の人生ゲーム』など。

僕が慶應で大学生をやっていた頃、東横線の日吉駅の近くに「まりも」という喫茶店があった。誰かとお茶をするにしても、安く済ませるなら学食があるし、駅前にはスタバがあるしで、「まりも」の存在は認知しつつも結局一度しか行かなかった。その「一度」で、僕が無理して頼んだホットコーヒーと、彼女が何てことなしに頼んだアイスミルクの話をしたい。

映画だか演劇だかのサークルの新歓で知り合って、同じサークルには入らなかったけど、学部が同じだったからその後も何度か会っていた女の子がいた。都内の有名なお嬢様女子校出身のちょっとサブカルっぽい女の子で、話が合って、目はパッチリとしたきれいな二重で、早い話、僕はその子のことが少し気になっていた。

その日の午前は一般教養の講義があって、その子も同じ講義を取っていたから一緒に受けた。大教室の後ろの席で横並び。ドキドキしたらお腹が空いた。ちょうど12時前だったからお昼に誘った。いいよ、と言われて、僕なりに少し気取ったパスタ屋に行った。ここよく行くんだよね、みたいな顔をしていたけど、実のところ当時は男友達と家系ラーメンばかり食べていた。

「次の講義まで時間あるからお茶しようよ」と、彼女が僕を連れて行ってくれたのが例の「まりも」だった。煉瓦調のいかにもレトロな外壁には「珈琲」の文字。ドアを開けば深い飴色やくすんだクリーム色のしっとりとした内装。この手の喫茶店は初めてだった。僕が生まれ育った西日本の地方都市では、デートと言えばスタバでキャラメルフラペチーノを飲むのが当たり前だった。言われてみると地元にもレトロな喫茶店はあった気はしたけど、当時の僕はそこに価値を見出すことはなかった。

（こ、これが東京の肩の力の抜けたオシャレ……）東京生まれ東京育ちの彼女から、冷や水を浴びせられたような気がした。それは歓迎のいたずらかもしれないし、侵入者への警告かもしれなかった。でもたぶん、彼女にはそんな意図はなくて、スタバよりは席が取りやすそうだとか、今日はそういう気分だったとか、ただそういう何てことのない、肩の力の抜けた理由だったんだと思う。

一方、肩にガチガチに力が入った僕はホットコーヒーを頼んだ。こういうお店に相応しい振る舞いだと思ったから。ここはきっと若者のための場ではなくて、「スタバでキャラメルフラペチーノ飲むなんて（笑）」と目配せし合う「一周回った大人たち」のための場なんだろうと、よく知りもしないのに決めつけたから。ゴルゴ13や007（今思うと007は紅茶のほうが似合うかもしれない）のように、初夏を通り越して夏みたいな暑い日でも、涼しい顔してホットコーヒーを、もちろんブラックで飲むのが筋だと思ったから。

「暑くない？　私アイスミルクにする」

やられた、と思った。アイスミルク。スーパーで買えば1リットルで200円程度の牛乳を、かわいらしいサイズのグラスになみなみと注いだ「圧倒的に肩の力の抜けた飲み物」に彼女はストローを突っ込んで、ハチドリのようにチューチューと吸い込んだ。その姿はあまりに自由で、しかしそれでいて優雅で、それこそがこの店に相応しい振る舞いのように見えた。田舎で18年育ってきた僕と、東京で18年育ってきた彼女との間には、永遠に埋めがたい「センス」の差があるようにすら思えた。僕は絶望的な気持ちで飲みたくもないホットコーヒーを啜った。

別にその時の自意識の爆発のせいなんかではなく、単に遊ぶ友達が固まっていく中で彼女とは会わなくなって、でも翌年の秋の22時くらいに突然LINEが来て日吉に呼びつけられて、客もまばらな居酒屋のカウンターで彼女は「演劇サークルのOBでテレビ局勤務の男と付き合ってるけど、どうも私とは別に本命の彼女がいるらしい」とさめざめと泣きながら相談してきて、「はあ〜そう言われましても……大変ですねぇ……」と僕は曖昧に笑っていた。

二、三杯飲んで解散した。二人とも東横線の終電に乗って、僕は当時一人暮らしをしていた新丸子駅で先に降りた。彼女の乗った電車が走り出すのを僕は振り返らなかった。もう彼女のことなんて忘れていたようなものなのに、勝手に失恋させられた気がして、怒りでも悲しみでもなく、変に惨めな気持ちだけが胸にへばりついて、改札を出た先の24時間営業の東急ストアで缶チューハイでも買って家でヤケ酒してやろうかと思ったけど、ふと目についた1リットルの牛乳を買って家でガブ飲みしてやった。こうやって無様な思いをたくさんしながら、僕は少しずつ東京の人間になってゆくのだと思った。

今年で31歳になる。東京に来て13年になる。もうグーグルマップで調べなくてもメトロの乗り換えは迷わないし、レトロ喫茶でいくつもの固いプリンをつついてきた。それでも僕は、あの日無理して飲んだホットコーヒーの熱さと、酸っぱさと、そして変に爽やかな苦さと、思い返して胃が痛くなるほどのダサさを、名誉の負傷として大事に大事に覚えておきたい。

わが新宿青春譜

五木寛之

いつき・ひろゆき
1932年福岡生まれ。小説家、随筆家。おもな著作に『蒼ざめた馬を見よ』『青春の門』『大河の一滴』『親鸞』など。初エッセイの『風に吹かれて』は、460万部のロングセラー。

野坂昭如氏が月刊誌のエッセイで新宿回顧の文章を書いているのを読んだら、ふと私も学生時代の新宿を思い出してしまった。

私は昭和二十七年度の早大入学生であるから、武蔵野館裏の和田組マーケットは知っている。私が通ったのは、〈金時〉という店だが、庶民的な名前に似ずかなり高い店だったように思う。もう一つ今の高野の手前あたりにマーケット風の一画があり、いま新宿で高度成長をとげた〈ノアノア〉のオリジナルや、〈満州里(マンチューリ)〉や、〈長崎〉などという店が軒を並べていた。当時の〈ノアノア〉は、ひどくせまい店で、女主人もそれにふさわしいスリムな体つきだった。あれから幾星霜、店が大きくなると共に女主人も立派になったようだ。

当時はまだ今のようにモダン・ジャズの店が流行(はや)っていなかったので、私たちのたまり場は自然とシャンソンの店に落ちついた。

〈モン・ルポ〉という店が、私たち当時の仲間にとっては忘れ難い記憶となって残っている。今の〈どん底〉のちょうど向い側にあり、そこには和服の似合うほっそりとした若いマダムがいた。ウェイトレスは女子美のアルバイトの娘(こ)で、これもツイギー風のなかなかの美人だった。

私たちはその店で、〈ブランマント通り〉だとか〈枯葉〉だとかいった曲を聞き、カウンターの中のマダムとの一瞬の会話に胸をときめかせ、一杯のコーヒーで終日ねばり続けたものだった。私たちはその頃(ころ)、どんなことを話し合っていたのだろう。記憶の底からよみがえってくるものといえば、どれもまとまりのないナンセンスな会話の断片ばかりである。〈地獄〉の作者の名前が、バルビュスであるかバビュルスであるかなどと、ある友人と大喧嘩（おおげんか）したりしていたのだから、たあいのないことおびただしい。

アポリネールといえば、有名なシャンソンの作詞家であるとだけ信じ込んでいる女子学生があり、その店での激論が原因で絶交する破目におちいったりした。私のほうでは、これまたアポリネールは小説家でしかないと信じ込んでいたのだから、どっちもどっちである。

ロシア文学の先達として知名な、神西清の名前を、カンザイキヨシと呼んで同級生に軽蔑（けいべつ）された思い出もある。

ある日、仲間のリーダー格であったMが、家から送って来た授業料をその店で皆に見せたことがあった。その金を眺（なが）めているうちに、私たちは何かそれをそのまま大学の事務員の手に渡してしまうことが許せないことのように思えて来た。

「せっかく国のご両親が送ってくれたんだからなあ」

と、無責任な仲間の一人が言った。

「このまま他人の手に渡してしまうというのも、ちょっとどうかと思うな」

Mもまた一ぷう変ったサムライで、しばしその金を深刻な顔でうち眺めていたが、

「そういえばそうだ」

とうなずいた。「だが、何に使う?」

その金は当時の私たちに取っては、かなりの金額だった。私たちはお互にある一つの答えを心の中に抱いていたのだが、自分のほうから切り出すのがはばかられて、お互に顔を見合わすばかりだった。

「えい、めんどうくせえや。やっぱりそうするか」

と、Mがうなずいて言った。私たちもガン首をそろえ、うなずいて一斉に立ち上った。

「そうする」ことがどうすることであるかは、私たちはお互に何も言わずとも通じあっていた。

Mは歩きながら慌しく授業料を四人に分配し、私たちは都電のレールをこえて、迷うことなく新宿二丁目の赤線の灯に直進して行ったのだった。

「モン・ルポに十時に集ろう。いいな」

とMは言い、少し猫背の長身を風に傾けて銀色に光る都電のレールを越えて行った。今その時の光景を思い出す度に、ふっとこんな文句が私の脳裏によみがえって来る。

「風ハ蕭々トシテ二丁目寒シ。壮士ヒトタビ去ッテマタ帰ラズ」

あの時のMは、まことに颯爽としていたと思う。Mは後年、NHKの警視庁記者クラブの一員として私たちの前に現れ、当時失業中だった私たち仲間を旗を立てたハイヤーで飲みに連れて行ってくれたりしたが、やはりあの夜の彼が一番格好が良かったようだ。

さて、そのとき私たちは自然と二人ずつパトロール風に分裂し、二丁目を遊弋することとなった。私と組んだNも引揚者で、大陸型のぼうようたる人物であったから、私たちはせかずあわてずじっくり時間をかけて歩き回った。その途中でMたちのカップルとばったりぶつかった時の照れ臭さは、筆舌につくしようがない。何も今さらお互に照れることはないのだが、やはり変なもので、

「やあ」

とかなんとか手をあげてすれ違った時は身がすくんだ。内地育ちの人間も、やはりこういう場面になると気が長くなるのだろうか、と私はMのことを考えたが、本当は彼の久保田万太郎ふうの感覚の繊細さが、安易な選択を許さなかったに違いな

い。

私たちは約束の時間に再びモン・ルポに集った。店にはシャルル・トレネが〈カナダ旅行〉か何かを陽気な声で歌っていた。

「どうだった？」

と先に来ていた組が相手にきいた。

「うん」

なんとなくお互に戦果を自慢する気分ではなかった。Mはなおさらだっただろう。一時間余の後に、彼の授業料は見事に消え失せてしまっていたからである。失ったものの重さを、彼は一見、御家人ふうの顎をなでつつ想起している風情だった。

「どうしたの皆さん。そんなに憂鬱そうな顔をして——」

と、マダムがほほえみかけたが、私たちの心は、いつものように弾まなかった。

その時の私たちの気分に、シャルル・トレネは向かなかった。やはりグレコの、サルトル作詞とかいう変な歌のほうが合っていたように思う。

当時、私たちは奇妙な谷間にいた。MSA発効と、六全協のちょうど中間の時期で、どこか屈折した感情を、小説を書いたり、ポーカーをやったりしてまぎらわせていた。学生生活は当然のように苦しく、デパートの蛍光燈の下では三十分ともたなかった。慢性の栄養失調で、目が弱っていたからである。

そんな苦しさの中で、どうして女を買ったり、シャンソンの店へなど通ったのか、と問いつめられても、うまく説明できそうもない。青春とはそんなものだ、と小声で呟いてみるだけだ。

フランス語の出来ない私は、〈ブランマントー通り〉の歌詞をMに頼んで仮名で書いてもらい、九州ふうの発音でそれを歌いながら深夜の新宿を彷徨していた。

昼間の新宿の記憶といえば、ほとんどない。わずかに紀伊国屋の喫茶室と、木造だった以前の風月堂、それに中村屋ぐらいのものだ。のちにオペラ・ハウスが昼間ジャズ喫茶をやっていた頃、ウェスタン音楽を聞きに通ったことを憶えている。それからフランス座の記憶が続く。新宿ミュージック・ホールと名前の変る前のフランス座は大変面白かった。後年、その頃私がひどく気に入っていた三笠圭子というストリッパーが、北海道のキャバレーに出ているのを見て、懐旧の念にかられたことがある。浅黒い肌をした、くせのある踊り手だったが、池袋フランス座の斎藤昌子と共に忘れ難い真のアーチストであった。

当時のコメディアンたちは、今や毎日のようにテレビで再会するようになった。彼らは今や昔のあのどこかニヒルな陽気さと質の違った雰囲気(ふんいき)を身につけて、ブラウン管のなかに現れてくる。だが、あの頃の女たちは、みんなどこかへ消えてしまった。モン・ルポのマダムの顔も、もう忘れかけている。憶えているのは、あの二丁目にかかる都電のレールの白い輝きだけだ。

カフェー　吉田健一

よしだ・けんいち
1912年東京生まれ。英文学者、批評家、随筆家。『シェイクスピア』で読売文学賞、『日本について』で新潮社文学賞、『ヨオロッパの世紀末』で野間文芸賞受賞。その他おもな著作に『甘酸っぱい味』『英国の近代文学』など。1977年没。

これは日本のカフェーのことではない。まだ子供の頃、電車に乗っていて当時の不良少年の服装と察せられる異様な身なりをした人物が頻(しき)りにカフェーの話をしているのを聞いたことがあって（その人物はこれをカフエーと四音節に発音した）、そのカフェーというのはどんな陰惨な罪悪の巣窟なのだろうと思ったが、後になって実際にその一軒に行って見て、バーをもっと大きくしてけばけばしくしたものに過ぎないことが解って失望した。

カフェーに似たもとのフランス語はコーヒー、或はコーヒーを飲ませる店を意味している。だから、バーをけばけばしくしたものでも、又、喫茶店でもなくて、どうしてそれが日本のカフェーになったのか不思議であるが、フランスにも日本のカフェーのようなのがどこかにあるのかも知れない。併しコーヒーを飲ませる店ならば確かにあって、そのことがここでは書きたいのである。コーヒーを飲ませる所で喫茶店でないのは、一つには恐らく領土の関係からフランス人が紅茶ではなしにコーヒーを飲む為で、日本の喫茶店も主にコーヒーを出すことを思えば、フランスのカフェーも一種の喫茶店と見られないこともない。それが、多くは町の大通りに面して日除けを降し、椅子や卓子を歩道にまではみ出させている。何軒も並んでいて、どこの店が殊にいいということはないから、入るのに選り好みする必要もない。併し習慣で一つの店に行くようになることもあるのは日本の蕎麦屋や寿司屋と同じで、ただそれだけの話である。もともとが一種の腰掛け茶屋なので、定連が幅を利かせたりすることは勿論ない。

それがフランスのカフェーであって、名目はコーヒーを売る店なのであるが、それよりもこれは実は、何もしないでぶらぶらしている為の場所なのである。そして何もしないでいるのにも道具がなくてはならないから、コーヒーを出し、その他に安ビールを含めた酒類もあって、簡単な食事も出来るし、頼めば便箋と封筒、それにペンとインクも持って来てくれる。新聞は幾通りか綴じて置いてある。だから、カフェーに行けば、そこで手紙も書けるし、新聞も読めるし、そして飲みものや食べものにも不自由せず、フランス人の多くはこういうカフェーの一軒で朝の食事をして、それから一日中そこにいても誰も文句を言うものはない。手紙を書いたり、新聞を読んだりする必要が起る毎に、どこかに行かなければならないなら、同じ場所にぶらぶらしていることは出来なくて、それでカフェーには凡てそういうものが揃えてあるのである。

従って、本当に何もすることがなければ、そういう人間が行く場所であることがカフェーの役目である。町中であって、人や乗りものが通るのを眺めているだけでも時間がたつし、飲みものでも何でも何か注文してしまえば、後は一時間でも、一日でも、カフェーの人達と没交渉でただそこにそうしていられる。急の用事を思い出したならば、電話があり、そのうちにまた喉が渇いて来れば、これは説明するまに何かすることのうちに電話を掛けるのも、飲みものを飲むのも、そしてでもない。日本にもこのような場所があったこういうことを書いたのは、殆ど入らなくて、らどうだろうかと思うからである。皆とても忙し過ぎてと言われるのに決っているが、日本にもまだ隠居というものが残っているのではないだろうか。そして偶にカフェーで隠居した気分になるのも、命の洗濯になるような気がする。

コーヒーがゆっくりと近づいてくる ● 赤瀬川原平

あかせがわ・げんぺい
1937年神奈川生まれ。前衛芸術家、小説家、随筆家。おもな著作に『超芸術トマソン』『老人力』など。純文学では、尾辻克彦名義で『父が消えた』『雪野』などを執筆。2014年没。

若いころは胃が弱かったので、コーヒーはあまり飲まなかった。

コーヒーが悪いのかどうか、いろいろな説があるようだが、当時の俗説をして胃にきついとされていたし、自分でもそう思っていた。

でも喫茶店に行けば、結局はコーヒーを一杯頼み、二杯以上は自分では無理だと決めていた。

当時、小金井に住んでいたが、絵描き仲間でコーヒーが無類に好きな男がいた。小柄な彼はまた、コーヒーがよく似合うのだ。ほかにもたとえばぼろぼろの服を着ていても、ぜんぜん汚くは見えず、なぜかカッコいい。不思議な人だった。

彼には、とあるフランス名の喫茶店に好きなウェイトレスがいて、その女性にずいぶんと入れ込んでいた。

それで毎日そこにいる時間をのばすために、その店でコーヒーを飲み続けて、きょうは21杯飲んだよ、という日もあった。

こちらはたまに付き合っても、コーヒーをそんなに続けては飲めないと思い、紅茶にしたりココアにしたりで、どうもさまにならない。

そうはいっても、やはり若者時代の思い出には、どうしてもコーヒーがしみている。

ぼくのコーヒーの飲み方は運ばれてきたコーヒーにまず砂糖を少し入れ、スプーンでゆっくりとかき回す。それからスプーンをそっと抜き取り、ミルクをコーヒーカップの縁から、

「スロン」

と入れる。

この「スロン」というのは、『ガロ』という昔あったマンガ雑誌のなかで、川崎ゆきおがやっていた表現だ。

「スロン」と入れたミルクは、コーヒーの表面をゆっくりと渦を巻いて、星雲状になる。

天文に興味を持ちはじめていたぼくは、コーヒーの表面にアンドロメダのような渦巻き星雲ができていく成り行きを、じっと見つめた。

星雲はコーヒーの表面をするする回って、やがて回転がゆっくりになり、静かに止まる。それは星雲の一生をぐっと短縮して見たようでもあり、感慨に耽りながら、やおら目を離して、手近な週刊誌などに目を移す。

すると記事面がコーヒーとは逆方向にゆっくりと回っていて、その現象に驚いた。

これは視覚上の慣性の法則らしい。

自分はそんなことに神秘を感じたりして、それは若さ故のことなのだろう。

コーヒーをみんなブラックで飲みはじめたのは、いつごろからだろうか。自分も同調しようとしたが、やはり何も入れないとちょっと苦すぎてつらい。
砂糖をほんの少しでも入れた方が、コーヒーの苦みがすなおに味わえる。

そう気がついてからは、ブラックで飲むのはスタイルではなく、味わうためだと自覚して、ブラックには砂糖を少し入れてしまう。

さて老人になると、好みがいろいろと変化してくるのを感じる。以前は肉の脂身など、とても食べられないと思っていたのが、最近はそうでもなくなってきた。ケーキも美味しいと思えるようになった。海老フライや牡蠣フライも食べられる。

そしてコーヒーも好きになってきた。

そのきっかけは、隣駅のデパートに出店している喫茶店だ。

ある日、家内とウォーキングで街まで出かけ、その店で一息ついて、コーヒーと洋菓子を注文した。ガーっという豆を挽く音がして、コーヒーの香りが一面に漂ってきた。やがて出されたコーヒーは、ほんのりと泡立ち、その下には香りがぎっしりと詰まっている感じがあふれていた。

一口飲むと、その香りがからだ全体に広がり、

「うまい！」

このとき初めてコーヒーの美味しさが１００％分かった。

まさか今頃になってこんなかたちでコーヒーを知るとは思わなかった。

それ以来事あるごとに、家内とはその店でコーヒーを飲む。店のガラス戸の外は、人の来ないデパートの一角で、コーヒー色の悠然とした猫が住んでいる。店の人に、

「ここの猫ですか」

と聞いてみたがどうも違うらしい。

近所の猫が遊びに来ているということだった。

それにしてもこの猫は自分がここの主のような顔をしていて、店内のコーヒーを飲む人たちをジッと見ている。

この猫のコーヒー色はたまたまではなくて、ここのコーヒーの香りをいつもあびているからかもしれない。

収録作品一覧

「コーヒーとの長いつきあい」阿刀田高／ウェブサイト「COFFEE BREAK」(全日本コーヒー協会)
「贅沢な空気感の薬効　資生堂パーラー」村松友視／『銀座の喫茶店ものがたり』(白水社)
「淡い連帯」平松洋子／『BRUTUS No.779』(マガジンハウス)
「国立　ロージナ茶房の日替りコーヒー」山口瞳／『行きつけの店』(ティビーエス・ブリタニカ)
「喫茶店とカフェ」林望／ウェブサイト「COFFEE BREAK」(全日本コーヒー協会)
「愛媛県松山　喫茶の町　ぬくもり紀行」小川糸／『海へ、山へ、森へ、町へ』(幻冬舎文庫)
「喫茶店にて」萩原朔太郎／『日本の名随筆　別巻3　珈琲』(作品社)
「変わり喫茶」中島らも／『僕に踏まれた町と僕が踏まれた町』(集英社)
「初体験モーニング・サーヴィス」片岡義男／『僕は珈琲』(光文社)
「珈琲の美しき香り」森村誠一／ウェブサイト「COFFEE BREAK」(全日本コーヒー協会)
「ニューヨーク・大雪とドーナツ」江國香織／『やわらかなレタス』(文藝春秋)
「しぶさわ」常盤新平／『東京の小さな喫茶店』(世界文化社)
「大みそかはブルーエイトへ」シソンヌ じろう／『シソンヌじろうの自分探し』(東奥日報社)
「カフェ・プランタン」森茉莉／『記憶の繪』(ちくま文庫)
「気だるい朝の豪華モーニング七品セット」椎名誠／『全日本食えば食える図鑑』(新潮社)

「富士に就いて」太宰治／『国民新聞』第一六八三五号
「コーヒー色の回想」赤川次郎／ウェブサイト「COFFEE BREAK」（全日本コーヒー協会）
「コーヒー」外山滋比古／『裏窓の風景』（展望社）
「コーヒー屋で馬に出会った朝の話」長田弘／『優駿』（1985年1月号、日本中央競馬会）
「しるこ」芥川龍之介／『芥川龍之介全集　第九巻』（岩波書店）
「コーヒー五千円」片山廣子／『燈火節』（暮しの手帖社）
「一杯のコーヒーから」向田邦子／『女の人差し指』（文藝春秋）
「喫茶店人生」小田島雄志／『珈琲店のシェイクスピア』（晶文社）
「喫茶店学　―キサテノロジー」井上ひさし／『ブラウン監獄の四季』（講談社）
「可否茶館」内田百閒／『御馳走帖』（中公文庫）
「カフェー」勝本清一郎／『近代文学ノート　4』（みすず書房）
「懐かしの喫茶店」東海林さだお／『どぜうの丸かじり』（朝日新聞出版）
「芝公園から銀座へ」佐藤春夫／『詩文半世紀』（読売新聞社）
「東京らしい喫茶店　南千住『カフェ・バッハ』」木村衣有子／『キムラ食堂のメニュー』（中公文庫）
「〈コーヒー道〉のウラおもて」安岡章太郎／『もぐらの言葉』（講談社）
「喫茶店で本を読んでいるかい」植草甚一／『植草甚一の収集誌（シリーズ植草甚一倶楽部）』（晶文社）
「ミラーボールナポリタン」爪切男／『にっこり、洋食』（河出書房新社）
「ウィンナーコーヒー」星野博美／『戸越銀座でつかまえて』（朝日新聞出版）

「珈琲店より」高村光太郎／『日本の名随筆　別巻3　珈琲』（作品社）
「ひとり旅の要領」阿川佐和子／『婦人画報』（2010年7月号、アシェット夫人画報社）
「甘話休題（抄）」古川緑波／『ロッパの悲食記』（ちくま文庫）
「あの日、喫茶店での出来事」麻布競馬場／『メンズノンノ』（2022年11月号、集英社）
「わが新宿青春譜」五木寛之／『風に吹かれて』（読売新聞社）
「カフェー」吉田健一／『甘酸っぱい味』（ちくま学芸文庫）
「コーヒーがゆっくりと近づいてくる」赤瀬川原平／ウェブサイト「COFFEE BREAK」（全日本コーヒー協会）

本作品は当文庫のためのオリジナルのアンソロジーです。

著者

赤川次郎／赤瀬川原平／阿川佐和子／芥川龍之介／阿刀田高／麻布競馬場／五木寛之／井上ひさし／植草甚一／内田百閒／江國香織／小川糸／長田弘／小田島雄志／片岡義男／片山廣子／勝本清一郎／木村衣有子／佐藤春夫／椎名誠／シソンヌ じろう／東海林さだお／太宰治／高村光太郎／爪切男／常盤新平／外山滋比古／中島らも／萩原朔太郎／林望／平松洋子／古川緑波／星野博美／向田邦子／村松友視／森茉莉／森村誠一／安岡章太郎／山口瞳／吉田健一

おいしいアンソロジー　喫茶店
少しだけ、私だけの時間

著者　阿川佐和子　他

二〇二四年五月一五日第一刷発行
二〇二四年一二月五日第四刷発行

発行者　佐藤　靖
発行所　大和書房
東京都文京区関口一－三三－四　〒一一二－〇〇一四
電話　〇三－三二〇三－四五一一

フォーマットデザイン　鈴木成一デザイン室
本文デザイン　藤田知子
本文印刷　信毎書籍印刷
カバー印刷　山一印刷
製本　ナショナル製本

ISBN978-4-479-32091-3

https://www.daiwashobo.co.jp